INK

文學叢書

225

戰風車

一個作家的選戰記事

藍博洲◎著

目次

【序】

那年，我們一起站出來

朱天心

事情非得從藍博洲〈一個作家的選戰記事〉的第一則，七月一日的半年前講起，不講清楚，無法了解為什麼藍博洲會有此選戰記事，或更直截說，為何他「瘋了？」或「傻了？」為何會被推到那不比羅馬競技場文明多少的境地？誰把他推至那處境？……

做為眾凶手之一，我試著回想那一段日子，其實，並不太遠。

二〇〇三年底，我剛從東京參加「台日文化交流論壇」回來（與會台方另有夏曼．藍波安、瓦歷斯．諾幹、鄭清文、李昂，和以記者身分隨行的吳音寧），便接獲楊索電話，邀約參與「族群平等」的發起人，因為轟轟然而來的次年總統大選已開跑，歷史經驗告訴大家，族群操弄的怪獸必將又從阿拉丁神燈竄出。

我和天文、以軍忙著陪剛抵台北駐市作家的老朋友李銳遊九份金瓜石、陽明山軍人公墓亂草廢石中找尋並上他姑丈的墳。直至第三次聚會才去，記得在場的人有鄭村棋、侯孝賢、夏鑄九、簡錫堦、詹澈、雷倩、黃惠君、鄭麗文、尹乃菁、顧玉玲、唐諾……，間雜出現一兩次的許信良、紀惠容、黃文雄、簡學義，列發起人但記者會時公開出席的南方朔、馮建

三、廖咸浩，和曾應允但見報後強烈要求撤簽的林懷民、柏楊。

團體很快定調，臨門一腳是鄭村棋質問的「到底玩眞的玩假的？那種各打五十大板的假清高假公正我沒興趣。會壓迫操弄族群的都是強勢族群，認眞打起來肯定打到綠的多，因此被綠的貼標籤是可預見的。」村棋警告在場的人，想清楚了，才能行動。

留下來的人，大都做如是想，表決定名爲「族群平等行動聯盟」，都稱族盟，推侯導當召集人，南方朔每次電話中都說「你們組頭」，經費是現場的人口袋掏掏有幾千拿幾千，預計用在日後記者會的場租看板，和每次聚會的飲料費，因此我印象深刻的是乃菁、麗文每次錄完「火線雙嬌」來開會皆不點吃喝，替窮窮的組織省錢。

我們聚會彷彿快閃族，遇事互相簡訊傳傳，說見就見，到的人就有發言權表決權，進行得超有效率，往往玉玲隨身帶的三歲小樹在市長官邸的榻榻米上一場午覺還沒醒就結束，同樣常常躺一旁不知眞睡假睡的還有老夏。

我喜歡極了這些個過往我熟知熟讀他們行事和文字的友人，我們在一個最好的時候遇到，珍惜共同認知的那一塊兒，尊重彼此各自不同的戰場及其想法，不猜忌疑心，不像長日漫漫感情充沛的年輕時動輒爲那百分之一的不同而辯論終宵（儘管我猜村棋一定覺得那絕對是有必要有意思的）。

如今我還是要將族盟的簡單主張抄錄一次，因爲它從未完整的存在保留在任何文字記錄甚至只一日壽命的報紙上。

族盟的宣言：

> 凡中華民國境內諸島嶼之居民應享有平等待遇，以及免於恐懼之自由，有權決定一己的記憶方式、生活方式、思維方式和追求幸福的方式。上述基本人權應受法律保障，以確保任何居民不因性別、宗教、身心能力、父母出生地、文化認同或其他原因而受任何威脅及歧視。

族盟成立的消息是二〇〇四年一月十一日於《中國時報》頭版頭條，曰「發起反操弄、反撕裂、反歧視連署，監督候選人，避免激化對立」，發起人尚有余範英、幾米、楊照、陳芳明、夏曼·藍波安、莫那能。

之前，我和顧玉玲被分配做媒體聯絡人，我未改習慣的晚睡晏起，直到中午開手機才發現未接電話和語音留言塞爆，其中一則是急性子的老夏大喊：「天心，革命啦！還不起床！」

一直到總統大選前，族盟大多維持相同的運作模式，不定期的召開記者會，公布期間候選人及其陣營有關族群／歧視的不當言行，例如其中一次點名破壞族群平等的案例有民進黨立委林育生的指花蓮地檢署傳訊陳水扁說明頭目津貼案是「外省人欺負本省總統」、張旭成「台灣是選總統不是選特首」、張俊宏「中共新領導班子……假手台灣的親中人施壓台灣政府……引八國聯軍一起進場凌虐同血緣的同胞」、楊青矗在美麗島同志會上說「泛藍在造勢場合穿紅衣服，表示接受中國的教化。」……

（我記得每次在「台北光點」的記者會，幾乎次次全員到齊，但極有默契的例如雷倩因外省二代的關係，自動從不在台上發言，時爲台灣霸菱投資公司董事長和太平洋聯網科技副董事長兼執行長的雷倩，只在台下擺擺桌椅遞麥克風，大家一心只想能成事、不被枝節質疑正當性。）

事實結果果眞泛綠犯規多，至今我仍無法評估族盟到底是狗吠火車或也有一些些「吹哨者」的功能，但在民進黨眼中是後者吧，因爲扁競選總部發言人吳乃仁公開批鬥族盟侯孝賢是假中立、拿中資、爲中國發聲。之後，侯導電影公司和「台北光點」被查帳兩整年，只查出一台電視規格不符合預算編列（因買不到該過時停產款，只能以相同預算購買他款）。對台灣電影稍有常識的都知曉侯導近十年來的拍片資金皆來自日本和法國。但侯導只健康的回吳乃仁該去讀讀其弟吳乃德的〈認同衝突和政治信任〉和電影《悲情城市》。吳乃仁不道歉不改口，揚言「二二八加害者及其後代不該對被害人及其後代指指點點。」類此的抹紅直到選舉完。

我不知道當時族盟其他人是怎麼看待那一場，也許慣以文字和影像表達的文化圈這一塊的人，只素樸的想「此刻不言所當言，日後沒有抱怨懊悔的權利」，社運的人，一定想得複雜想得多，一面同情我們的天眞單純（儘管兩樣我都不承認），一面只得「那就挾持著他們前進吧」，這可能是光譜最左端的村棋無奈但嚴厲的想法，雖然我猜想他欲挾持前進的名單包括他的家人夏鑄九。

我仍然吃驚，尤其村棋、玉玲，荒野狼一樣的警醒銳利不容情（我就不強調獨行那部分，事實上，十多年在台灣未基於利益或策略考慮而被國家機器收編的人和社運團體很清楚的就那麼幾個），我多幸運在一個有藉口可以偷偷放鬆歇息的年紀遇到他們。

侯導也如此想吧，才有三月十二拍的紀錄片《那夜，侯導拍族盟》，之前無需任何溝通的，說開始就開始，從午后到黯夜，南方朔緩緩道來「長期做爲綠色的好朋友……」然後玉玲、唐諾、詹澈、雷倩、簡錫堦、惠君、乃菁、侯導自己、麗文哽咽的「當初第一次買手機，我看上的是一個好漂亮的黃色的，可是那是新黨的顏色，我是民進黨的……，我竟然無法像一般女孩子自由的挑一個自己喜歡的手機。」莫那能談自己族人姊妹至今仍在漢人社會底層討生活的悲劇……

這紀錄片除了在記者會公開完整的播出過，並沒能再有機會被閱聽過。（如此不同族群民族間的對話平台，日後簡錫堦做過更細緻更長期的努力）。

是莫那能犀利的自嘲嘲人風格，我才發覺我們一直聚焦藍綠的對抗是多麼的「得了便宜賣乖」，大都身為閩南、外省的漢人我們，各自族群都在台灣掌權統治數十、十數年不等，雙方難忘、爭執的已是近於「奇檬子」的一些些歷史恩怨委屈（儘管通常正經八百的以「轉型正義」包裝之），對正在此時此刻發生著的原住民、新移民、移工的不被平等待遇，卻絕少措意，我們不是不知不覺掉入政客選定的戰場，就是重覆犯了相對強勢族群對弱勢族群的疏忽不在意甚至結構性的剝削而不察？

我也從未問過侯導包括紀錄片的經費哪裡來的？（猜想一定是他自掏腰包）。我與侯導民國七十一年因姊姊天文以原著和編劇身分與他合作電影而認得，卻因種種原因始終刻意保持距離，一定不如他與比方說藍博洲熟悉（啊，藍波還未登場！）族盟這一場，侯導擱下手中的拍片工作、出國、廣告業務……，幾次我險險擔心他可能會覺得不好玩要閃人了，他卻異常沉得住氣，次次大小聚會一定校長兼打鐘的最早到最後離（後來族盟都借友人謝屏翰的長澍廣告公司開會），我猜想他喜歡極了這群人。認得侯導十五年，族盟這一場，我們才真正變成好朋友。

然後是兩顆子彈。

三二〇當天，我們在雷倩家看開票，正念北一女高三的女兒盟盟（她因次次參與開會，我們叫她小族盟，後來大學念民族學系）事後說，選舉結果讓她當場想從雷倩十五樓的家跳樓，因爲隱隱而來方興未艾的去中國化，讓她覺得自小所喜歡熟稔的文化中國（古典文學、京劇、歷史）再再被塗銷塗污，已無立錐之地。

兩顆子彈的確打醒了很多人、打破了很多神話幻象，唐諾稍後在《中時人間副刊》發表的〈槍聲後的新民主啓蒙〉指出我們民主程度的粗陋和自我陶醉，比方說，「我們的民主行爲，一直被簡化到只剩投票，一種熱病的、賦全部希望於一擲的、超高比例已達不正常程度的投票。而且，人們投票不爲著檢驗權力、防禦自身和社會，反倒拿來做爲獻祭的供品，做爲重新鑄造權力大神的磚瓦。我們投票，但毋寧更接近宗教，甚或進行革命，尤其，我們又莫名其妙選擇了幾乎等於四年革命一次的美式總統制。」

這樣想的人雖不多，但似也不少，之後的族盟聚會（原先以爲三二〇後可以解甲歸田做自己的事），多加入了小說家林俊穎、中研院陳宜中、台大外文系的朱偉誠、政大法律系的孫善豪……。隨後七日廣場抗議人潮不散，我們幾乎日日聚會、觀察、討論該如何回應並繼續這未竟之仗。我記得其中一個下午，我們正在分頭發新聞稿和做海報標語，長澍辦公室有鋼琴，羅大佑便邊彈邊唱〈情人的眼淚〉，中央大學的朱雲鵬帶幾名研究生效率超好的做了好些張海報標語，臨要出門被老夏攔下，匆忙中（因計程車等在樓下），老夏跪趴地上堅持把海報上的台灣地區加繪上澎湖、金馬。

選前自我定位任務編組的族盟，隨大勢的發展一時散不了。二十三日晚，老夏替來台灣觀察大選的新左評論 Perry Anderson 邀約侯導、唐諾和我訪談，其中一個問題問爲何桃竹苗

（客家人聚落）始終如此藍？母系是客家人、學語時在客家小鎮銅鑼的我回答「應該說爲何如此不綠。」我學會了玉玲的思考邏輯，「客家人要問，未來的獨立建國是誰的國家？如果只是換成閩南國族主義的國，對不起我沒興趣也不奉陪。」（玉玲會說，是資本家而不是工人得利受益的國家，我們沒興趣。）

同時候，麗文選擇在中正紀念堂牌樓陪一群抗議的大學生靜坐，支持並分享當年的學運經驗。

畢竟廣場前的抗爭結束或「被賣了」，只剩幾個大學生靜坐並加碼絕食。某一個深夜，我記得族盟一些人約了去探望，到場才知他們因絕食多日被送台大醫院急救，我們便步行前往。三更半夜的中山南路上，同行的白髮的南方朔和穿著綠制服放學還沒回過家的盟盟，天啊，我們都得了失心瘋了。

得失心瘋的尚有黃光國謝大寧郭中一張亞中，於五四成立「民主行動聯盟」，共同發起人尚有勞思光、陳鼓應、王清峰、隋杜卿、林孝信。侯導、麗文、唐諾和我也同意列名。宣言草案直言：如果知識分子再不挺身而出，台灣社會即將面臨難以逆料的重大危機。

此後民盟與族盟常保持鬆散的合作關係，視議題合作，如反軍購。

此年最夯的字，反應是「盟」吧，因爲之後，還紛紛成立了無數各式各樣的聯盟，訴求的議題或有不同，我猜想一致都感覺到這場大選清楚強烈的「國家撕裂社會」，所以必須聯合並武裝自己最在意的社群、領域，以對抗之。

悲觀的人，以南方朔和許信良爲最，認爲未來陳水扁必將結合李登輝加速操作占人口百分之七十五的閩南國族主義至極大化、終至永久執政。因爲此次選舉結果等於肯定了操作族群／民粹的那方。

但宜中、偉誠、唐諾比較主張站穩、厚植社會那一側，以抵禦政治。多次的討論下，重建公民社會／集結進步力量大約是最大公約數，便進一步有「民主學校」之議。

於是「台灣民主學校」於七月六日成立，儘管之前開會無數次，但直至成立仍是「一校各表」，許信良、麗文主張年底立委選舉「民主學校」提名參選甚至組黨。許信良且強烈主張，應聯合國、親兩黨組成民主大聯盟，對外說是擴大整合在野勢力，對內，可率先談國、親不敢談的兩岸、族群，以挾持他們前進。

侯導、唐諾、宜中（亦連結部分「台社」成員）著手出版和課程設計，但不排斥老許和麗文對參與的主張和說法，例如將族盟轉換成「民主學校」的過程模糊化（雖然私下花了最多時間在辯論此二者之不同，我們依然沒做到村棋強烈要求的「想清楚、再行動」）。

至於社運那一塊，村棋、玉玲、簡錫堦、詹澈倒是次次會議活動都參與，但冷靜一旁看著，像大人看小孩學走路，伺機會扶一把的。

「民主學校」尚未開學，我早已經開始上課，詹澈傳教士似的不放過任何零星時間急切告訴我們台灣農業現況（天啊那些菜金菜土的起伏比股市漲跌還要殘酷）；村棋給我工運紀錄的書（新光紡織、士林紙業），要我去看工運的紀錄片（環亞飯店、一〇一大樓的興建）和座談會；玉玲給我黑手那卡西的CD和工殤攝影、資料，我一旁偷偷學著既溫柔也強悍的她看世界的思考方式；還有高金素梅，短短幾次街頭談話，部落第一現場的描述，不再是之前所讀資料中的冰冷數字。

「台灣民主學校」於七月十九日在紅樓記者會形式宣告成立，中研院院士楊國樞、許倬雲、胡佛、王德威擔任榮譽顧問，創辦人許信良，校長侯孝賢，副校長鄭麗文，校務委員南方朔、夏鑄九、朱雲鵬。宣言「給台灣最後一次機會」，主張「重建被背叛的民主」，「民主自由，是這數十年來台灣所有這一代人的共同大夢，它不只在政治場域進行，更在社會場域每一個角落進行，它不是少數幸運政治人物的專利，而是整體社會力的展現，是社會所有人的工作成果所累積出來所驅動起來的；而今天民主的破毀，也正是少數政治人物壟斷收割了這趟民主自由之路的全部成果，掠奪了原來應該歸屬於整體社會的公共財。

「進步的力量必須重新集結，社會力必須重新召喚出來，因此，急迫的工作像年底立委選舉得去做，而踏實的、一步也不能省的長期工作，即使不在媒體鎂光燈的焦點注視之下，更一定要耐心的去推進，他日的歷史將會證明，這會是更重要更關鍵的事。」

（最後一段話，已清楚看出此聚合內兩組對未來判斷和主張不同的人。）

課程隨即展開，第一次在七月二十四、二十五日的週末，第二次在次週末，課程安排、邀請由宜中主導大家同意，地點在國際藝術村，費用由許信良捐款二十萬，乃菁、麗文專程飛去美西開講募款所得。第一堂「台灣新民主運動：從理論到實踐」講者錢永祥、南方朔、許信良。第二堂「全球布局VS.經濟鎖國」講者朱雲鵬、夏鑄九、瞿宛文。第三堂「落實憲政民主，重建政府體制」講者施明德、朱雲漢、孫善豪、胡佛。第四堂「擺脫國族主義，超越族群衝突」講者夏曉鵑、唐諾、南方朔。第五堂「社經極化VS.進步政策」講者黃耀輝、簡錫堦、鄭村棋。第六堂「人權立國與公民自由」講者朱偉誠、王蘋、廖元豪、馮建三。第七堂「新兩岸與新亞洲視野」講者陳光興、張亞中、甘逸驊、陳文茜。第八堂「我的看法」許信良、鄭麗文。

（我和同學天文特喜歡胡佛、朱雲漢、孫善豪一氣呵成談內閣制的那堂課。）

我清楚記得，南方朔演講開場稱呼在場近六十名學員的是「各位未來街頭的戰士們」，可見他對時局發展的看法和主張。

有此悲觀想法的不少，「民主學校」的腳步被推著拉著跑，很快的，侯導的「自由大夢」拍攝計畫，唐諾主編導讀出版的「新民主叢書」：約翰・彌爾的《論自由》、勒內・吉拉爾《替罪羊》、以撒・柏林《現實意識》，乃至我們最後可能的創作，都顯得太緩不濟急。參選年底立委（以阻止勢將繼續操作族群、本土意識的泛綠因此得勝），成了立即可做、可介入當下現實的實踐之道。

於是接下去的兩整個月，無數次的聚會、討論。那個夏天，颱風超多，很多時候，我們在長澍（廣告公司）被風雨困住難以走人，便曾經出現這樣的一個瞬間即逝的場景，夏鑄九耐不過眾人磨鬆口：「侯導你跳我就跳。」侯導看我一眼，我說「你跳我就跳。」侯導說：「那有什麼問題！」遊說折衝了整個夏天的麗文拍手叫好，立即拿手機電告老許，老許是早已準備在北市南區選，並邀施明德在北區聯手出場，但施一直未明說選不選，因此麗文只得早早放棄北市北，把戶籍南遷，到公認難選的高市南區。

鄭村棋一旁發恐嚇聲制止：「夏鑄九！夏鑄九！」

我猜想村棋的心情其實有些矛盾的（雖然他習慣的自我辯證是不允許有矛盾存在的），我覺得他其實有點高興這些在他看來不免小資的、溫情的、自以為菁英的必須親自下場去接受檢驗到底自己有沒有能力去扮演一個政治角色而非動輒以政治潔癖掩飾自己的可能沒能力。

眾人不理他恐嚇老夏，質問他可願意一起跳，選前一直在推廢票聯盟並略有成果的村棋大約是這麼回答，「要選就要用我的方法搞選舉，這套方法是透過組織選民，讓選民自主發起連署、捐款，支持候選人參選，當募款金額超過競選保證金，這個候選人就有足夠條件參選，而不必依靠政黨或財團，而候選人當選後也有義務兌現支持者的政策要求，否則將被這些支持者罷免。」

那晚散攤之前，我記得名單大約是這樣：基隆孫善豪、台北南區夏鑄九許信良、台北北區施明德林正修或楊照、桃園蔡詩萍或我、台北縣王雲怡雷倩顧玉玲、新竹朱雲鵬、苗栗藍博洲、台中陳玉峰、南投李家同、彰化詹澈、雲林古蒙仁、嘉義許能通、台南林文定、高雄縣夏曉鵑、高市北尹乃菁、高市南鄭麗文、宜蘭林鶴宜，不分區南方朔、侯孝賢、龍應台、孫翠鳳……有些是夢幻名單，有些是正在接觸遊說中。

遊說、和被遊說。

例如某颱風夜，我和麗文（那時駱武昌還在英國）搭計程車去新竹清大遊說彭教授，那晚暴風圈籠罩北台灣，連高速公路都積水，車行濺起四面水牆彷彿行走水底不見前方，有時瞬間強風襲來，車身劇烈搖晃得像要被掀翻。遊說當然沒成，麗文車裡歎起氣來「怎麼那麼難！」她憶起二十歲出頭時隨那（如今眞不堪提他名字的）前輩開一輛破舊小貨車四處宣傳理念的純眞熱情年代，「爲什麼藍的支持者這麼膽小、冷漠、自私、現實？」沒錯，這些特質說好聽都是理性的某些面向，但我們確實已不會也不願與只有感性的人打交道了不是？（三二〇兩顆子彈導致的選舉結果足以證明我們確有一批臨事只以感情面對的人。）

參選名單曝光前，九〇九期的《新新聞》一篇引TVBS民調的文章，題目曰：連候選人都未推出，民主學校已有百分之七支持率。待名單在媒體陸續露出，習慣寧靜讀書寫稿、不需行事曆的我和唐諾的某一日生活是：上午施明德約在五星級飯店café晤談，言明他會暗中協助民主學校，唯公開不予肯定彼此關係，希望我們十月中旬前能成局，屆時他再順勢宣布參選並結盟，唯叮囑新竹不要提名，留給他兄弟柯建銘……，下午林正修約，表示與其在民主學校裡被侷限，不如日後進立法院中再結進步聯盟，正修表明在北市北選。再晚，村棋碰面，了解我們與兩名聰明鬼見面可昏頭了。晚上，文茜電話打探進度，並要求若果眞成局（如北市南），爲免自己人擠自己人，須用民調。（後來她將不續選的那席推薦給李敖。）

我和唐諾如何會不察其中可能的種種心思，就只一個原則，以直待之。同時間的侯導，約會也排滿滿，不是看演員（或曰另一種的演員），與名單中的對象遊說，其中蔡詩萍明言他經費不足不可能參選，於是壓力眞實的落在我身上。

一次從中午到晚上的紫藤廬談話，許信良言明他在桃園的班底、樁腳會全交給我，對於我這至今仍留著《台灣社會力的分析》《選舉萬歲》、這位歷史中算熟悉的人物，在相處的半年中，我喜歡他的從不計身段、毀譽，與施主席的優雅大不同。

我終於負氣的答應，唯但書要選就要用我自己的方式，例如絕不設競選總部、不跑街亂握手，從頭到尾只出一份文宣或看板「請不要選我」，內文類似「若你期待我參加你家的婚喪喜慶，請不要選我；若你希望我幫你修門口的路燈，請不要選我；若你希望我幫你兒女關說進學校資優班，請不要選我……」藉此重新提醒、定義國會議員的眞正職責。老許說很好啊，當然可以這樣選，至此，宜中從榻榻米上坐起（之前他宿醉睡歇著）說：「你們就不要逼天心了吧。」

次日，我把戶籍遷至桃園。

這期間，好意勸阻惡意訕笑的人不少，對我有意義的唯有錢永祥王麗美伉儷的約見，直言要侯導和我不要參選，個人信用流失，也失去在各自領域超然獨立的位置。

對於前者，從族盟到民主學校這轉化我已清楚知道，「裁判」下場打球，便失去吹哨評論之資格權利，與你過往批判的對象從此一般高，遵守同樣遊戲規則，接受同樣檢驗，我們已失去自己曾有的一些些信用。但，我想，我猜想侯導也這麼想，若個人的信用是一種資產，不是就該在關口上用用嗎？我們都不是愛惜羽毛成偏執的人，信用耗損了再努力還會有。

對於後者，確實叫我猶疑多了。一直以來，台灣對這數十年來的民主運動／民主化的爭功諉罪，已習慣始終歸功聚焦於那不出二十人的政治受難者及其辯護律師。除此之外，所有人彷彿不是愚民就是順民。但我以為，長期以來，因有著默默在社會各領域堅守各自專業不讓渡、不予政治力隨便插手進來的大大小小人物，才是民主成為可能的沃土。

錢老師甚至答應，以我們的不參選，交換日後一起辦思想人文性的雜誌（錢老師說到做到，一年後，他的《思想》雜誌創刊至今。）

錢老師的話（唉，其實是唐諾慣常對我說的），最叫我得重新思考起。其時，被視為三二〇之後勢將裂解潰散的國親泛藍漸趨整合成軍，又回到藍綠對決緊綳、缺乏第三勢力空間的狀態，也就是說，沒什麼我們可以著力之處。

（當然，這空間仍可能被大雄心大能力者所創造，但到底是哪樣一種形態出現？小黨？社運？公民社會？）

關於這所謂的第三勢力，對於多年前（民國八十年底）曾參與社民黨並任決策委員，打過國大、國會全面改選和首屆省長直選幾仗的我和唐諾，就有很不同的看法。唐諾始終覺得只有或強或弱的「國民黨」和或強或弱的「民進黨」（那時尚未有藍綠的說法），和「社會」這一塊的存在，他從來不看好任何所謂第三勢力可能和努力的空間（無論充滿理想性或只想撿便宜的），我簡化唐諾的話，社會是永遠的，政黨、政權是一時的。

雖如此，以政治爲志業的許信良和麗文沒道理在參選缺席，和此中最爽快、第一時間就答應、連問一聲民主學校可以提供什麼資源都沒有的藍博洲，並無退意（我猜藍波可能只是一種很素樸的心情：不想讓侯導孤單吧）。

民主學校沒能成局，只在九月廿三日在紅樓召開記者會，公布未來半年工作計畫和推薦年底立委參選人許信良、雷倩、高金素梅、許能通、鄭麗文、蘇盈貴、藍博洲。

我們多少沒有回應村棋的「想清楚，再行動」，只是單純的想，不讓朋友們孤單吧，尤其藍博洲。

總算銜接上藍波的選戰記事了。

藍博洲，我做他的讀者好些年後，才見第一面，唉，又是在選戰場合，是社民黨朱高正選省長，我清楚記得是在苗栗大同國小禮堂，整晚的演說之後（我用客家話照例幫他撐了尙在前個行程未及趕來前的一小時），朱在義賣簽名他的著作（沒錯，社民黨的競選經費大抵是靠此款募資），朱累得拉了張椅子坐著簽，我立在他身後，好奇觀察著等簽名的人龍和在場未散的那一張張臉，就看到遠遠站在入口處的藍博洲，一臉大鬍子很好認，他也正環視打量著禮堂裡的人們，神情嚴峻得叫人好害怕。

之後，繼續當他的讀者，間雜一種奇異的感覺（近十年，他寓居在基於各種原由我根本沒回去過的母系劉家祠堂附近），他比我要熟知我的生前事多了，彷彿掌管了什麼祕密的中世紀僧侶或聖堂武士。

選戰開打，藍波的《幌馬車之哥》重新出版的發表會上，我們第一次和尊敬的前輩陳映眞一起同台出席，藍波兼主持人介紹我，我永遠記得，「天心就是那種國中時放學後你約了要跟別的學校的打架，他一定在你身邊跟你去的人。」是多年來我聽過最感無上榮光的讚美。

那個秋天，我們四下瞎跑著，例如某日的行程是這樣的，早上八點雷倩汐止競選總部成立，幫忙站台助講。午後趕回中正紀念堂廣場，人群中和俊穎、偉誠、陳雪會合了，參加第五年的同志遊行，走走半途而廢，因爲三點得在忠孝復興捷運站前小方場幫許信良助講，其他人講的時候，我和陳鼓應在並不滿座的聽者席上有一下沒一下聊天（天知道大二那年在學校側門的民主牆，我多討厭他和陳婉眞的戰報，至今我仍不知那叫我不安的是他們所說的陌生的內容還是暴烈的用詞）。

次日，和俊穎南下麗文處，侯導早到了一二日，正幫麗文拍宣傳CF。競選總部成立的下午，車隊遊行，我和俊穎、侯導一輛車，跑遍苓雅、新興、前鎮、小港，冬日的暖陽暖風午後，是我熟悉的年少時好些個寒暑假消磨浪蕩其中的南方空氣，但同時也吃驚，時光彷彿凍結，那些市街巷角除了衰敗退色並沒改變，甚至像近年偶爾去大陸旅行時一些城市未及發展的角落。

家人，尤其女兒盟盟，早已非常習慣每幾年就要有的一場忙亂，她幼稚園大班時，我和天文、唐諾、侯導包了一輛九人巴南下幫社民黨助選（這場不免荒謬的場景被天文寫在長篇《巫言》中了），弄得盟盟天天只得外公接送，兩人吃泡麵相依爲命還得顧一屋子貓狗。盟盟自然好奇我們在忙的事，我試著說明民主、政黨政治……，像所有看好萊塢電影的小孩，盟盟畢竟最關心誰贏誰輸，好人贏還壞人贏？不明白這樣努力為什麼會輸，乃至後來每一次不論我們有沒有參與的選舉，她都會問我們這回支持誰票投誰，我也都誠實告訴她。多年下來終於有一次她說：「你們這次能不能選一個會贏的？」（是啊，連我們支持的里長都沒贏。）

這天真直率的童言童語不禁叫我想到這些年來最叫我痛惡的另一句話，出現在國民黨執政末期和民進黨執政中晚期，發聲者都是最高掌權者及其家臣：「趕快選好邊，不要站在歷史錯誤的那一邊！」這句話的狂傲橫暴叫我感冒至極，什麼叫做對的那一邊，人多的？得勝的？握有資源分配權力的？可以「定義」歷史的？……言下之意好像那些繳不起營養午餐吃餿水的孩童、燒炭自殺的失業家庭、次等公民的新移民、奴工制度的移工、樂生的漢生病患……都有其他更好的選擇而不從，他們可有選舉的自由和權利？他們是心甘情願選擇站在錯誤的那一邊？

（果眞歷史對的那一邊是由每一個當下的掌權者所解釋所定義，那我還滿慶幸我所站的是錯的那一邊。）

我終於懂了，在統治者和資本主義大神「對」的定義裡，弱勢邊緣繳不起稅沒選票的、社運工作的、不措意市場的創作者，永遠都是站在歷史錯的那一邊，不會贏的那一邊。然而，天下之大，總有甘願、不得不站在錯的輸的那一方的容身之地吧（那是我多嚮往的一幅美麗風景：滔滔湧往同一個方向蜂潮般的人流邊上，總有那麼幾個手插褲袋若有所思或意志滿滿逆向行走的人），我描述得太浪漫了，眞實的世界，尤其藍波多年所做口述歷史中的那些前行者們，都是連要站在輸的那邊都無法的人們，所以藍波的巨大貢獻在這裡，若沒有他從歷史灰燼中的尋摸，如何讓那曾在冷酷長壽的歷史冰冷大河中一瞬即逝的美好風景得以重現、得以被知道。

但也要肯站在輸的那一邊的人，才能理解、同情現實中同樣做爲輸的那一邊的同類吧。

藍波在選戰中，除了在特定場合爲宣揚理念而刻意披掛反軍購聯盟授予的「反六一〇八軍購和平立委」的綵帶之外，從沒揹過世俗的寫著候選人名字的綵帶，從不亂逢人打躬作揖，從沒跑過紅白場，從沒刮過他的大鬍子（剛直諫官一樣的妻子阿靈不要他因爲選舉就換成另一張「嘴臉」），我天天上網看他和阿靈的選戰日記，以爲無論選舉結果，已立於不敗之地，因爲沒有讓渡掉自己一貫的信念價值、行事風格，藍波確如他選戰記事中所言「選舉活動不應該只留下一堆無用的口號、旗幟和看板，而是要把眞正的知識、文化藉著競選活動傳播下去」。

（選戰中，他辦論壇、電影欣賞、行動書房……，比我曾想過的競選方式「請不要選我」要高貴、理想，同時又謙遜多了。）

父親不在的一年後，我曾在一篇紀念他的文章中質疑他四九年爲何會隨同國民黨來台灣，而非如同我喜愛敬重的眾多三〇年代作家選擇留在代表進步的、人道的社會主義新中國（多年後，我竟然在顧玉玲的新書中讀到她對父親同樣的質問），文中，我思索所得的線索是「我漸漸看待一代之人不以事後之明的懶惰分法，例如不再惑於用意識形態、主義、信仰（及其所衍生的陣營立場）來分出一代的『好人』『壞人』，我比較好奇於分辨出心熱的、充滿理想主義、利他的、肯思省的……，以及另一種冷漠的、現實的，只爲自己盤算的兩類人，前者，在任一時代，都有『站錯邊』的可能，而後者，當然是從不會『犯錯』、絕不會被歷史清算、最安全舒適的。——此中有高下嗎？求仁得仁而已。」

九年後的現在，我仍沒改變這看法。

於是，一些美好的記憶，我高興能保留在這一篇「我的」選戰記事中。例如曾經三度聽侯導、簡錫堦和村棋一起唱〈南都夜曲〉，其中一次還是沒有伴奏、打烊後的「面對麵」麵館。

我喜歡與麗文一樣男兒氣的乃菁，大家通常只看到她的美麗，我獨獨喜歡她人群中特有的溫暖細心和大器（無論在感情或財物的捐輸），是唐人小說中的俠女。

玉玲和曉鵑是我私下認的不怒自威的老師。

宜中和老夏相差一世代，卻是遲來的玩伴。

簡錫堦和廖元豪，我的公民課老師。

趙剛、善豪站得遠遠的，是我企望的知識分子（會戰鬥的那種）形象。

以軍、安民、俊穎、偉誠、侯導，是自家兄弟家人，要打架時，他們一定站在身旁的。

便有那樣一個晚上，苗栗十二月的風好冷好大，我們（侯導、陳映眞、老許、乃菁）站在簡陋的台上，聽黎國媛彈奏甜得令人心碎的德布西。乃至選前之夜，結束了所有的競選活動，我和天文隨著藍波的夥伴們人手一盞風中燭火，長列走過夜市市街，走過農業縣早寢的黑暗街巷人家，邊走邊唱走回競選總部……，我竟忘了迎面周遭人群的精神和反應，世故的小說家們沉醉著，失職了。

是天文喜歡引用的那句子吧，「然而我確知曾經有那樣一個晚上，世界在預言實現的邊緣猶疑了一會兒，卻朝向背反的方向去了。」

記二〇〇四年藍博洲的選戰和族盟一群一起共度寒冬的友人們

二〇〇八年五月十五日

戰風車

一個作家的選戰記事（二〇〇四年）

七月一日◉寂寞

颱風來襲。

晚上，在風雨中，與妻和兩個小孩度過了結婚十五周年紀念日。我和妻不同，從來就不重視什麼生日或紀念日什麼的，總覺得日子反正要過的；慶祝不慶祝，改變不了現實的生活，也就沒有什麼特別喜悅。感傷倒是有的！想著妻從二十歲起就跟著我南北奔波，四處流浪；一直到現在自己都年過四十了，仍然沒能給她一個安定的住所，心裡總是感到虧欠！可她還是一邊陪我喝酒，一邊像老太婆似地憶述過去十五年來婚姻生活的點點滴滴，並且再次強調：只要我哪天背叛了年輕時候的理想，那就是她離開我的時候！眞拿她的天眞沒有辦法。

在這樣的颱風夜，再次感到離群索居的安靜；可我內心深處卻難免寂寞地想道：這時代，像我這樣一心想要改造社會的小知識分子，除了寫作，難道就沒有能夠實踐的場域了嗎？

七月二日◉如此而已

早上起來，風雨還是很大；聽廣播說，通往高速公路交流道的那座橋已經被大水沖斷了。看著窗外被風吹得就要仆倒的幾株香蕉樹，我一邊吸菸一邊無聊賴地想著，災情眞的有那麼嚴重嗎？是不是要跟侯孝賢導演取消下午的約會呢？最後決定：只要火車通行，還是冒雨北上。

下午五點半，在福華飯店跟侯導還有廖桑（台灣最好的電影剪接師廖慶松）見了面。侯導提了兩件事，第一件是找我拍一部有關三一九槍擊案的紀錄片，他說這事涉及敏感的政治，可能會有生命危險，要我評估；第二件事是要我出來參選年底的立委。兩件事我都毫不考慮地當場答應。

吃過飯後，侯導又帶我到溫州街夏教授的宿舍，和唐諾等人討論找其他適當參選人的事。會議結束已近十二點。由於趕不上末班火車，我決定搭第二天清晨的早班車回家。侯導於是又陪我到安和路pub喝酒，聊到天已經濛濛亮了才分手。上計程車前，他又塞了五千元給我；怕我推辭，還說是以後再從工資扣除……。

我想，侯導就是這樣講義氣又豪爽的人；以前找他幫什麼忙，他總是二話不說；從前這樣，現在還是這樣。所以，如果人家要是問我，爲什麼會接受侯導的邀請出來參選，我一定說：爽啊！

問題當然不是那麼簡單。

要簡單說，也只是一句話：世道如此，如果連侯導這樣國際知名的大導演都不計毀譽介入現實的政治了，我還有什麼好猶豫的！

如此而已。

七月十九日◉台灣民主學校

七月七日起，帶大學生訪問團到浙江、北京交流兩個星期；昨天深夜才回到家。

睡醒後，妻子阿靈告訴我：台灣民主學校來電，說是今天早晨在台北市紅樓舉行創校典禮，希望我能蒞會……。

由於時間上趕不及，沒有北上。

下午接到侯導電話，約我擇日會面。

買了晚報，看到台灣民主學校以「給台灣最後一次機會」為題的創校宣言。創辦人是許信良先生，校長是侯孝賢導演，已經退出民進黨的鄭麗文是副校長。

我也被列名為發起人之一。

台灣民主學校的精神：重建被背叛的民主

八月二日◉路線

早上，搭火車北上；到台北車站已近中午。轉乘捷運，在市政府站下車。然後改搭計程車，前往內湖緯來電視台，接受政論節目「火線雙嬌」主持人鄭麗文和尹乃菁的專訪。她們表示：我毫不考慮就接受侯導徵召的表現，讓民主學校的士氣大振……。

晚上，應侯導之邀，第一次參加民主學校的內部會議。議題主要是推薦年底參選立委的名單。這才知道，除了鄭麗文和我之外，其他參選者都還未確定。應侯導之請，我當眾推薦了《中時晚報》總主筆楊渡和勞動黨主席吳榮元。會後，隨即約了楊渡，在安和路某 pub，與侯導面談。

今晚的會議，某些「成員」還對許信良先生過去的「歷史」表達了不同的疑慮。看來，「路線」的分歧，在所難免。

八月四日◉分歧

昨天下午，剛回到苗栗，又接到侯導來電告知：民主學校今日聚會事宜。

中午，搭火車北上。到達台北，離集合還有一段時間，於是就近逛了車站附近的國父史蹟館。天氣悶熱，展館又無冷氣，實在靜不下心詳看那些照片。在室外涼亭吸了一根菸，然後走向集合地點：國際藝術村。

三點整，侯導、朱天心和唐諾夫婦、青年作家林俊穎、台大外文系年輕教授朱偉誠，以及許先生的助理小津陸續抵達；隨即分乘兩輛車，前往草山一家溫泉旅館。我和侯導、天心、唐諾共乘一車。雖然開車的朋友「路線」錯誤，繞了一大圈才上第二高速公路，可我們天南地北的閒聊，卻也不覺煩悶。路過金山，停車小歇；我和侯導及唐諾下車抽菸，天心於是到廟口買當地著名的鴨肉。

到了溫泉旅館，先到者一邊啃食鮮美的金山鴨肉，一邊等待其餘與會者的到來。天光將暗，遠處的山色由墨綠逐漸轉成一片漆黑。其後，許信良、鄭麗文和老鄭（鄭村棋）等人陸續抵達。

晚餐後，會議在侯導亦莊亦諧式的開場後正式開始。會議首先盤點願意接受民主學校徵召參選的人選。根據相關人員的工作報告，由於主客觀條件的限制，事情顯然進行得不太順利。據聞許多人以對老許存有疑慮爲託辭而婉拒。其後，話題又轉向民主學校的發展「路線」

民主學校成員由左而右：唐諾、朱天文、朱偉誠、朱天心、侯孝賢、雷倩、金素梅、許信良、藍博洲、鄭麗文、林俊穎

的問題。老鄭當眾質疑老許的「歷史責任」，意思是：台灣社會之所以搞成今天如此不堪的地步，身爲民進黨前主席、高唱過「新興民族」論的老許，自應負責；其他人也認爲老許應對過去的歷史，向社會大眾有所交代……等等。可老許不以爲然，他認爲自己歷來坦蕩蕩，從不隱諱自己的政治看法與作法，也就沒有向群眾解釋的必要……。

爭論一直持續到第二天凌晨三點左右，仍然沒能解決分歧。

最後決議：大家繼續分頭努力，尋找合適的參選者；再作打算。

八月十七日◉大醉

十幾年，沒那麼醉過了。

今夜竟然醉得一塌糊塗，眞是失態、丟人！

晚上七點，民主學校在南京西路天廚餐館聚餐。出席的有民主學校顧問胡佛教授、中研院學者錢永祥和瞿宛文、社運工作者王蘋、媒體主持人黃寶慧，以及民主學校的相關成員侯導等人，席開兩桌。聽說，到席者中有多人都可能參選；也許是因爲這樣，情緒莫名地興奮起來。跟同桌的幾名女中豪傑：朱天文和天心姊妹、王蘋、顧玉玲等一杯又一杯，乾了不知幾杯五十八度的金門高粱，不但毫無醉意，還愈喝愈興奮。

原先坐在隔壁大人桌，在中研院任職的年輕的陳宜中，看我們聊得愉快、無拘束，也拿著酒杯湊過來。不知怎麼，大夥一句、兩句話撥弄之後，竟然把一大杯「深水炸彈」（一大杯啤酒裡頭置有一小杯高粱）乾杯。我自恃酒量還行，履行承諾，跟進作陪。

席間無事。

散席後，除了幾名教授、學者先行離去之外，大夥兒又轉到安和路那家常去的pub續攤閒聊。因爲不覺有醉意，繼續喝了幾杯墨西哥龍舌蘭酒。不久，注意到宜中醉了；正當得意自己還行時，頭開始暈了，眼睛看出去盡是模糊一片，然後胃開始激烈翻攪……，只覺得意識清醒，身體卻完全失控。一路晃到不遠處的洗手間，吐得天翻地覆……。

回到座位後，趴在桌上，痛苦地睡著。身邊的人聊些什麼，一句也沒聽清楚；只知道坐在一旁的侯導，不停地給我抓著肩背，試著讓我舒服些。彷彿就這樣睡著了。一直到眾人散攤，侯導才又把我叫醒，然後親自送我到大安路一家旅館休息。

第二天早上醒來時，胃仍然難過得很！像是犯錯的小孩般，躺在旅館的床上，仔細回憶昨夜失態的經過，反省思量爲什麼會喝得那麼醉。我想，心情的亢奮是主要的原因；以爲這些進步力量若能團結起來，藍綠之外的第三力量是能壯大的。

因爲這樣，就沒有節制地喝多了。

八月廿九日◉積極性

廿七日起，在天母農訓中心舉辦第三屆夏潮報導文藝營；身爲營長，每天都得待在這裡。午後四點，就近之便，約了侯導；介紹即將作爲競選總幹事的《人間》老同志范振國與黃志翔，給他認識。晚上九點半，應侯導之邀，帶振國與志翔同赴復興南路，參與民主學校的會議；一直到凌晨兩點多，會議結束，與侯導同車回天母。

民主學校的工作顯然沒有什麼進展。雖然如此，我還是用實際行動表明：我是把它當一回事在對待的。希望能因此激起其他人的積極性。

民主學校記者會現場

九月四日◉回到原點

民主學校在新生南路紫藤廬茶藝館開會。草山一別之後即未再見過面的老許也出席了。老鄭並未出席。除了剛從英國回台的鄭麗文男友馬各和民社黨主席孫善豪教授之外，其餘皆是老面孔。會議從下午兩點，一直開到七點。除了各負責人報告雜誌出刊、紀錄片拍攝和網站架設等常態性工作之外，重點還是盤點能夠參加年底立委選舉的確定人選。

結果，還是只有鄭麗文和我明確表態決定參選。會場的氣氛非常低迷。這時候，老許表現出他一貫樂觀的氣度，安慰大家說：還有時間，再分頭努力找找看！

繞了一大圈，問題還是回到原點。

我想，情勢發展到今天，它已經遠遠不是當初答應侯導出來時的狀況了；這樣的話，我擔心如果自己還堅持要選的話，會不會讓侯導爲難呢？

我的積極性於是也開始動搖了。

九月十四日◉重建被背叛的民主

下午，從苗栗搭車北上。在忠孝復興捷運站出口，和振國與志翔碰頭；然後到附近公園邊的小胖小吃店晚餐。幾年前，在台北做電視節目時，常帶朋友來這裡吃宵夜。名爲小胖的老闆是屏東內埔的客家人，年紀比我大；見了我直問：「怎麼好多年沒來了？」然後又忙著下鍋炒菜。

我們三人邊吃飯邊聊，喝了兩瓶啤酒。然後走向復興南路，去參加民主學校的工作會議。進了門，看到老許、鄭麗文和朱天心、唐諾夫婦已到會場；氣氛有點低迷。稍後，其他與會者陸續到達。會議正式開始。鄭麗文和朱天心首先報告。她們在上次會議以後，四處奔波，努力說服一些具有社會聲望的清流，代表民主學校出來參選；但是結果卻非常不理想……。

總之，作爲民主學校近期工作的參選計畫，終因不能成軍而未能落實。

我於是順勢表白：既然如此，我也不選了。話說完後，雖然因爲理想未能實踐而感到有點悵；心情卻也如釋重負般地輕鬆起來。

台灣民主學校雖然本身不推代表出來參選，但是仍將推薦其他黨派理念相近、形象清新的候選人，如：雷倩、高金素梅等等，提供選民參考。

最後，大家一致認爲：即便不選，還是要給社會大眾一個交代。經過反覆討論後決定：以志翔所提「重建被背叛的民主」爲題，責由唐諾執筆，於九月廿一日，「九二一大地震」周年紀念當日，舉行記者說明會。

此後，台灣民主學校就要爲「重建被背叛的民主」，展開艱辛的萬里征途了。

九月廿二日◉路

傍晚，從苗栗抵達台北，在捷運忠孝新生站出口處與振國會合。天色已經暗下來了。一波又一波下班的人潮匆匆忙忙地流過。我們走到金山南路，在一家小麵店吃麵。

其間，一個陳姓朋友恰好與家人欲到隔壁日本料理店用餐，看到我們即進來打招呼，並問我參選的事；我簡要告訴他決定不選了的決定……。

吃過麵，我們便走到臨沂街鄭麗文的辦公室，參加民主學校明天（因爲侯導出國而順延）記者會的會前準備會議。一進門，鄭麗文和他的愛人同志馬各就興奮地說：已經有六個人決定接受民主學校的推薦參選，他們包括：許信良、雷倩、高金素梅、許能通、蘇盈貴和鄭麗文；他們又說，如果我能參選那就是「seven up」了。

因爲民主學校徵召文化界知名人物參選的原始計畫不能落實，上次會議之後，我已經表白不再參選的態度，同時已向各界支持者轉陳了這個決定；現在如果改變心意，又決定參選，在程序上，很難對各界好友交代。於是笑了笑，不置可否。

稍後，朱天心、唐諾夫婦和林俊穎陸續到了。侯導從日本趕回來，一下飛機就給我電話，告知晚上會議和明天記者會的時間地點；確知我人已到，就要我們稍待。許信良先生的助理也來電說，許先生另有應酬，將晚點到。大家於是一邊等待一邊閒聊。

聊著聊著，馬各又勸我說：「其實，你如果在苗栗參選，只要六、七百萬的經費就夠了。」

「用不到那麼多，」我笑笑說：「只要三百萬就足夠了！」

怎知，此話一出，馬各和麗文軍心大振，並當場承諾：只要我決定參選，他們要幫我募一百萬經費。不久，尹乃菁從外頭趕來，麗文立即興奮地告訴她剛剛的對話，她也當場表示：願意負責幫我募款一百萬。話剛說完，沒多久，侯導也趕到會場了。有關明天記者會的工作會議隨即展開。

稍晚，志翔來了。許信良先生和他的助理也來到會場；當他知道我的情況後也當著眾人豪爽地表示說：他也願意負責一百萬！

我懷疑地問道：我若決定參選，對大局會有幫助嗎？他們說，當然有幫助。在那樣的勸進態勢下，我顯然很難拒絕。可我仍然有這樣那樣的顧慮，尤其是很難跟一些支持者交代：決定不選又突然改變心意要選的曲折過程。我徵詢振國和志翔的意見。他們說，你若決定參選，明天上了台，就下不來了。他們要我自己想清楚。許先生於是鼓勵我說，明天只是民主學校的推薦會；推薦並不表示非選不可，還有退路的……。

最後，爲了能夠讓台灣的第三種聲音更有條件發出來，也爲了顧全民主學校的未來發展，我決定先接受推薦參選，事後再一一向原先的支持者解釋事情轉變的過程。

看我表了態後，從頭到尾沒有表示意見的天心，這時也義氣地表示：如果我眞的決定參選，她和唐諾一定各捐五萬元，讓我們打仗！

自從參與民主學校的事務以來，我一直敬佩天心追求社會正義的俠情，可我知道台灣的作家經濟情況都好不到哪裡，於是婉謝；可她卻堅持並說：這是大家的事，不能讓你一人孤軍奮戰！

會後，我們和侯導等人又到安和路某 pub 閒聊。凌晨兩點多，我和振國到忠孝東路、光復南路口的一家三溫暖過夜；兩人聊到快五點才去休息。

在酣聲此起彼伏的通鋪躺下來後，我心裡想，原先只是基於做事有始有終的態度，上來參加這次的工作會議，看看能爲明天的記者會幫點什麼忙；怎知事情的發展竟朝著前所未料的方向逆轉，而且明天的記者會後，擺在眼前的就是一條沒有退路的艱辛路途了！心裡因此有點不踏實，可我想到魯迅說過的一句話：地上本沒有路，走的人多了，也便成了路。

於是就安心地睡了。

九月廿八日◉焦點新聞

爲了參選的各項事宜，在台北待了兩天。午後，搭火車回苗栗。等車的時候，買了一份《聯合晚報》。在「焦點新聞」版上，看到一則關於自己參選立委的報導。斗大的黑字標題寫著：「作家藍博洲　苗縣選立委」，副題則是：「悲情城市電影取材他的作品　侯孝賢、羅大佑將助選」。

報導的全文如下：

【記者何來美／台北報導】

著有《幌馬車之歌》、《紅色客家人》等十餘本著作的作家藍博洲，受民主學校提名，決在苗栗縣家鄉角逐年底立委，知名導演侯孝賢、歌手羅大佑、作家朱天心等人也將下鄉幫他助選。

藍博洲是研究撰寫台灣「白色恐怖」的知名作家，侯孝賢導演的《好男好女》、《悲情城市》電影，不少是取材自他的作品，也因而跟侯孝賢建立深厚友誼；而侯孝賢與朱天心（文）合作的電影《冬冬的假期》，亦是以苗栗縣銅鑼鄉客家鄉村爲背景，是朱天心姊妹於客家鄉村的童年回憶。這次藍博洲決定投入立委選舉，亦受到侯孝賢與朱天心的鼓勵。

藍博洲於民國八十七年回到苗栗家鄉專事寫作，於西湖定居，期間並參與吳濁流文學館的籌劃。這次民主學校徵求多位作家參選，多數都打退堂鼓，但他看到社會亂象，政治是非不明，爲宣揚民主理念，決參選到底。

藍博洲說，未來競選期間，他除了闡述民主理念，避免台灣走上戰爭外，也將放映白色恐怖紀錄片及電影《冬冬的假期》、《悲情城市》、《好男好女》等電影，以拉近選民的距離，並讓選民了解台灣的歷史。

何來美先生是苗栗出身的《聯合報》資深記者，曾經擔任該報苗栗縣特派員多年，對苗栗地方派系（劉黃兩派）的歷史發展與當下的政治生態，瞭如指掌，並著有《劉黃演義——苗栗近代政治史話》一書。因此，昨天下午約他見面；當面請教如何在苗栗展開選戰之事。談話是在聯合報大樓底層的星巴克咖啡室進行的。窗外飄著細雨，室內一片喧譁。他先聽我報告決定出來參選的過程，然後爲我分析了這次苗栗縣的選情，並總結說：「因爲你出來得太晚，地方知名度不夠，又沒有政黨和派系奧援，更沒有豐厚的財力，勢必面臨一場非常艱辛的苦戰。不過，你和其他地方政客型的候選人不同，形象清新，理念清晰；因此要善用你文化人的身分與思維，好好打一場媒體宣傳戰……。」

原先以爲這只是單純的拜會活動，沒想到，他竟然熱心地幫我發了這條全台版的參選新聞。就我所知，全台灣好幾百名立委參選人，似乎也只有我個人獨享這樣的對待。眞要好好謝謝他的支持了。

火車駛過竹南站不久，手機響了；是看了該則焦點新聞的《聯合報》某位苗栗地方記者，約我專訪。雖然昨晚一夜沒睡，心身俱疲，可爲了打好未來的「媒體宣傳戰」，還是答應了。

九月廿九日◉站上火線

《聯合報》「桃竹苗新聞」版刊出昨日的專訪，題爲〈藍博洲站上火線——接受民主學校徵召表達新的聲音〉。

通過這則報導，我算是正式向苗栗鄉親宣告決定參選年底立委的消息了。從此，也就是「過河卒子」了。

下午，振國和李俊傑從桃園下來，商討如何開展選務之事。長期以來一直從事勞工運動的俊傑，是廿五日下午在台北反軍購遊行時碰到的；當面邀他加入競選團隊的工作，他毫不考慮就答應了。

我們三人在家裡喝了一泡茶，隨即前去拜訪本鄉（西湖鄉）前鄉長古木賢先生。古鄉長是我在苗栗認識的少數幾個地方政治人物之一，在派系上屬於縣長傅學鵬和親民黨宋楚瑜先生的系統。在他家坐了一個多鐘頭，主要還是聽他介紹苗栗的政治生態。他表示，地方上，要是沒有準備個七、八千萬以上，是沒有人敢出來選的！然後頗替我擔心地說：「你要怎麼選呢？」我笑笑說：「既然站上火線了，就一步一步地走下去了，沒什麼好怕的！」

離開古鄉長家時，天色已經漸漸暗下來了。我們然後驅車前往苗栗市，隨便吃碗麵後，就在市區的這裡那裡，四處尋租適合作競選辦公室的房子。最後，晚上七點半左右，我們終於在縣政府附近的府東路，找到一家鐵門拉下，貼有出租紅紙的空屋。我隨即給房屋仲介者撥了電話，對方表示要八點左右才能從別處趕到現場。

等待的空檔，我又帶領振國和俊傑在附近閒逛，讓外鄉人的他們熟悉周遭的環境。我們看到，就在我們即將租下作爲辦公室的右手邊不到二十公尺處，便是一名國民黨候選人的兩棟寬敞氣派的競選總部；左手邊約一百公尺左右的一個比學校操場還大的空地，則是另一名國民黨候選人的總部。他們兩人分別是長期霸佔地方政壇的不同派系的頭頭；其中一個因爲弊案官司纏身而逃亡大陸十幾個月的看板標榜著「硬頸」，另一個雖是「金牛」型的政客卻大剌剌地強調：「清廉」。

頂著迎面吹來的山城的冷風，我們邊走邊聊。

「他們還眞懂得用文學的反諷來作宣傳啊！」振國以他一貫愛說笑的口氣嘲諷道。

「這就是像我們這樣的窮人要面對的競爭對手啊！」俊傑彷彿在工運現場面對資本家。

「我們的對手不是他們，是整個台灣社會。」我說。

街上冷冷清清，偶爾才有一輛、兩輛汽車從身邊駛過。

「怎麼還不到八點就看不到人了？」俊傑感到不可思議。

「這就是苗栗啊！」我回他說，「未來兩個多月，我們要面對的戰場大體如此。」

「看來，」搞了多年社會運動的振國憂心地說：「要把這裡的群眾召喚出來，還眞不容易呢！」

冷風依然吹著。

我們終於和房屋仲介見了面，大體看了上下兩層樓、原來應該是經營特種行業的凌亂待整理的房子，並且約好十月二日跟房東簽約。

我想，情勢雖然嚴峻，可有了競選辦公室，等於有了作戰總部；我們三人接著就要登上火線，實際作戰了。

十月四日◉抗議綠色恐怖！

早上十點，我、振國、俊傑，再加上剛好從台中來「探班」的朋友山揚，四個人舉著昨晚臨時趕製的「抗議綠色恐怖！」的標語牌，前往剛租下來的競選辦公室旁的苗栗調查站抗議。

事情的經過大體如下：

十月一日早上，我在前西湖鄉鄉長古木賢陪同下，前往公館鄉，就此次本人接受台灣民主學校徵召推薦參選苗栗縣立委一事，向本縣大家長縣長傅學鵬作禮貌性的拜會。隨後即趕上台北，出席相關的選務會議與拜會旅北的地方鄉親。

十月二日傍晚，我和振國從台北回到苗栗，在房屋仲介的陪同下，跟房東簽好房屋租約。振國北歸中壢。身爲苗栗加里山劇團團長的我，轉往劇團製作人的工作室，與劇團主要幹部聚餐，了解並討論即將在年底公演、根據我的長篇小說改編的《藤纏樹》一劇的排練情況；晚上十點多，劇團的三名主要幹部開車送我回到西湖鄉住所，觀看我過去攝製的有關五〇年代白色恐怖的紀錄電影，並商議可以在演出時使用的畫面。

午夜十二點，客人離開後，妻子阿靈才餘悸猶存地告訴我，十月一日早上，家裡發生的一件令她感到害怕的事情……。

阿靈說：

十月一日，上午九點，我突然接到一通陌生人的電話，對方自稱是法務部調查局苗栗調查站負責西湖地區工作的調查員「劉嘉談」。他先是向我祝賀說，你的參選，將爲苗栗縣注入清流（一旁有人更正是注入新血），然後表示要來府拜訪，了解你的參選動機、選舉訴求，以及對政府的施政有何不滿或意見，以便他往上匯報，尋求改進。

當下，我感到驚惶，又不敢掛掉電話，於是確認他的身分與單位。他說，他的上班地點在府前路七號；手機：0921758995；電話號碼是324456。然後他又問：「你先生是學什麼的？」我回答他說：「這些資料，他出版的任何一本書，上面都會有記載，請你去書店買一本就知道了。」他先是笑話我是超級推銷員，接著又解釋說，是他同事好奇，想知道。「是台大嗎？」他接著問。「不是，」我據實說，然後再次強調：「他的這些資料都是公開的，你們很容易可以找到。」我聽到他在電話那頭冷冷地笑說：「我希望你可以告知。」我心想，雖然他沒有權利對我這樣要求，我也沒有義務回答；可這些資料都是公開的，隨手可得，於是就回答說：「輔仁大學。」「中文系？」他又問。我說：「不是。」他追問：「那是什麼系？」我只好說：「法文系。」「好厲害！」他又在電話那頭笑說：「四十九年次的嘛。」然後他再次強調，他們想了解候選人的理念；並說選舉期間，如果有任何安全疑慮可以找他們協助等等。

掛下電話，我開始體會到「白色恐怖」時期那些受難者及其家屬被調查員「關心」時無助與焦慮的心情了……。

聽完阿靈的敘述後，我認爲，情治單位對我這樣一個無權無勢的窮作家做出這樣的騷擾動作，出發點絕非他們所說的「善意」，我們必須作出相應的抗議動作，才能制止他們進行蠢蠢欲動的「綠色恐怖」，於是就撥了電話給振國和俊傑；他們也同意我的看法。

第二天，也就是三日（星期日）下午，振國和俊傑從桃園來到家裡，略加討論後便分頭書寫、製作明天抗議行動所需的標語和聲明。我負責書寫了一份題爲〈人民有免於恐懼的自由——抗議綠色恐怖！〉的聲明：

一九四八年十二月十日，聯合國大會第二一七A（III）號決議通過并頒布的《世界人權宣言》序言宣稱：

對人權的無視和侮辱的野蠻暴行玷污了人類的良心，而一個人人享有言論和信仰自由并免於恐懼的世界的來臨，已被宣布爲普通人民的最高願望，……有必要使人權受到法治的保護。

第十二條規定：任何人的私生活、家庭、住宅和通信不得任意干涉，……人人有權享受法律保護，以免受這種干涉。

第二十一條第二款規定：人人有平等機會參加本國公務的權利。

第二十九條第二款規定：人人在行使他的權利和自由時，只受法律所確定的限制，確定此種限制的唯一目的在於保證對旁人的權利和自由給予應有的承認和尊重，并在一個民主的社會中適應道德、公共秩序和普遍福利的正當需要。

從《世界人權宣言》的精神來看，那位自稱是「劉嘉談」的調查員對本人的電話「關心」，已經嚴重侵犯人民的基本人權，同時也給本人家屬帶來無形的精神恐懼。

基於台灣是一個民主法治、自由多元的社會的認知；基於情治單位歷來給予一般民眾恐怖印象的歷史事實；基於執政當局歷來以「人權治國」的政策宣示。

我抗議：情治機構製造新的綠色恐怖！

我要求：人民有免於恐懼的自由！

聲明寫好以後，阿靈就幫忙查找苗栗各報記者的電話傳眞，一一傳送出去。然後我們到四公里遠的銅鑼鄉街上晚餐。怎知，我們才剛點好菜，古鄉長便給我來了一通電話；他說，苗栗調查站知道我們明天早上要去抗議的事，希望他能幫忙化解，要我們取消行動……。

「老大哥」果眞無所不在！怎麼我們新聞採訪通知才發出去十幾分鐘，他們就能得知情報呢？看來，我們的電話已經在他們的監聽之下了。

因此，我們更加堅持今天的抗議行動一定要按計畫進行下去。

這樣，我們就以「抗議綠色恐怖」的訴求，展開了我們投入選戰的第一波行動。

十月七日◉反戰，救孩子！

以第三人稱的敘述觀點，寫了作爲第一波文宣的文案，題爲〈反戰，救孩子！——藍博洲參選的心路歷程〉：

最近以來，苗栗各地方派系閒閒吃政治飯的人宴飲酒酣時一直在議論著：

藍博洲，這傢伙是誰？

他爲什麼敢出來參選立法委員？

誰是藍博洲

農曆己亥豬年除夕的傍晚，世居苗栗福星山下，泥水師傅阿松哥他那挺著懷胎已九個多月的大肚子的妻子雙妹，在功維敘隧道旁的菜園子割完豬菜，回家餵豬、料理完一家三代人的簡單年夜飯，剛剛有空坐下來吃口飯的時候，肚子卻開始陣痛起來。到了子時，後來命名爲藍博洲的胎兒終於平安脫離母體，哇哇大哭。這時，牆上的掛鐘敲了十二響。

「這孩子趕在過年時候出世，」阿松哥憂慮地說：「將來一定是個好吃懶做的小孩吧！」

「這孩子命好！」雙妹樂觀地安慰他，「知道趕在最有得吃的時候出世；一輩子將不愁吃，也不愁穿。」

然而，在食指浩繁之下，僅僅靠著阿松哥作泥水所得的微薄工資，身爲父母第八個小孩的藍博洲，既沒有條件「不愁吃穿」，更沒有條件「好吃懶做」。但是，在刻苦耐勞的父母照顧下，他終究平安康健地成長了。

民國六十四年（一九七五）夏秋之交，讀書不太用功的藍博洲未能考上台北前三志願的明星高中，只好前往台中，就讀省立高工的建築製圖科。

一輩子作泥水的阿松哥當時暗自期許著：這個讓他擔心會「好吃懶做」的第五個兒子，日後可以比自己更上一層樓，成爲一個建築師吧！可藍博洲卻讓阿松哥失望了。由於初次離家的寂寞，身處福佬人同學之間失語的孤單；念了不到兩個月建築製圖的他率性地休學返鄉了。

「能讀書，再怎麼辛苦，也要想辦法讓孩子讀；不讀書，就得去做工。」這是阿松哥對待兒子們的教育態度。

失學在家，藍博洲陸續做過綁鐵條的建築鐵工、聖誕燈飾工廠工人、送報生等等；更多的時間，他和幾個準備重考的國中同學，整日在苗栗街頭，或頭屋橋畔和大坪頂營區的彈子房浪蕩……。

立志以文學寫作為一生的志業

藍博洲感到自己隨時就要掉入社會的陰暗底層了。就在這時，他偶然接觸到文學；彷彿突然開竅一般，文學，讓從來不思不想卻在求學的路上初嘗人生挫敗經驗的他開始去想：人爲什麼而活？人的一生要怎麼活？於是他逐漸遠離了浪蕩街頭的生活，窩在圖書館，一本接一本地讀著館藏的各類文、史、哲書籍。與此同時，他決定以文學寫作作爲自己一生努力的志業。

高中三年，藍博洲不曾間斷地讀著文學經典。這段期間，他又在媽祖廟對面的書店，讀到一本名爲《夏潮》的黨外雜誌；《夏潮》關心工人、農民的立場，啓發了身爲工人兒子的他日後走上關心社會弱勢者，追求社會正義的道路。

民國六十八年（一九七九）夏秋之交，藍博洲再次離家，北上念大學。

大學期間，擔任文學社社長的藍博洲，有系統地組織邀請楊逵、鍾肇政、陳映眞等日據以來的鄉土文學作家蒞校講演，爲空洞無力的校園注入一股思想的活水。他自己也通過楊逵與陳映眞兩位不同世代政治犯作家的人和作品，初步探觸到因爲長久以來的政治禁忌而籠罩在重重迷霧當中的台灣近現代歷史。爲了撥開歷史的迷霧，他開始系統地閱讀能夠找到的有關台灣近現代史的著作。

然而，霧，實在太濃太重了！一時之間，藍博洲還是無力撥開迷霧，進而找到自己在歷史的長河當

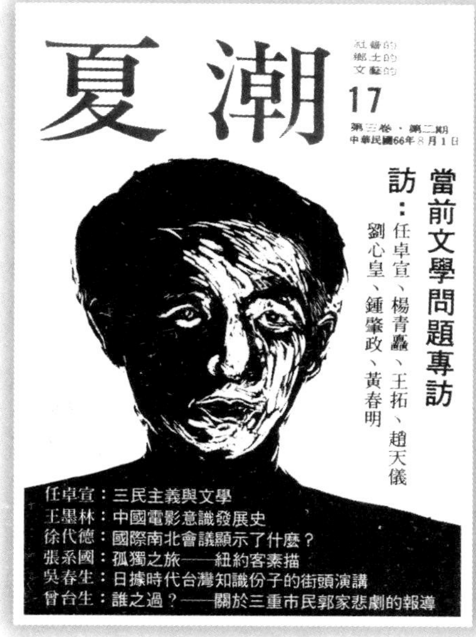

鄉土文學論戰時期的《夏潮》封面

中所站的位置。他因此不免於經常陷入思想的苦悶當中。民國七十一年（一九八二）的某個冬夜，他於是在思想沒有出路的極度苦悶當中，在蟄居的狹小的斗室，就著一盞昏黃的檯燈，開始寫了第一篇小說。這段短暫的習作生涯一直持續著，入伍服役期間，他又先後寫了一本中長篇小說和一個獲得時報文學獎小說獎的短篇。

尋訪被湮滅的台灣民眾史

民國七十五年（一九八六）六月，藍博洲從軍中退伍。他隨即投入推動台灣學生運動的《南方》雜誌的創刊工作。其後，他又下到中南部，爲黨外立委候選人助選。

民國七十六年（一九八七）年初，藍博洲加入《人間》雜誌報導文學隊伍，展開迄今仍在進行的、以二二八及五〇年代白色恐怖事件爲主的台灣民眾史調查、研究與寫作，自覺承擔讓被湮滅的歷史重新出土的社會責任。近二十年來，爲了尋訪被湮滅的歷史，他幾乎走遍台灣的城鎮與山村，甚至遠赴大陸各地、香港和日本，採集倖存者的歷史證言。這樣，他陸續出版了十幾本相關著作及大量而豐富的電影電視紀錄片。

通過這樣的實踐，藍博洲鍛鍊了自己的寫作能力，也直接間接地參與了實際的政治與社會運動；他不但提高了認識社會的思想水平，大大超越了前一時期的自己，而且能夠以更寬大的胸臆去看歷史、社會和生命的苦與樂。

重建客家人的歷史戰歌

從大陸原鄉移墾台灣的歷史過程中，台灣的福佬人與客家人，有過無數次因爲經濟利益的衝突而形成的械鬥。藍博洲深刻地感受到：歷史的傷痕使得一些抱持「大福佬沙文主義」者至今仍抱著無知的偏見——客家人大多是「保守、膽怯、馴迎權力、附庸政權的義民」。

作爲客家子弟，藍博洲非常不滿這樣的族群偏見。他想，主觀的偏見並不能成爲歷史的事實；台灣客家人的政治性格究竟如何？顯然還得通過台灣民眾抗爭史的研究，才能得到比較接近客觀事實的認識。他於是開始調查研究客家人的抗爭史實，並通過書寫客家人的歷史戰歌，重建客家人堅定、徹底及進步的戰鬥形象。

為苗栗的文化建設貢獻一己之薄力

民國八十七年（一九九八）元月，藍博洲結束台北電視台的高薪工作，帶著妻小，回到故鄉，隱居西湖鄉五湖山村，過著與世無爭的鄉村生活。

他除了全面調查和寫作五〇年代白色恐怖期間苗栗縣境受難者的民眾史，重建客家人在台灣民族、民主運動史上的光榮傳統之外，也協助西湖鄉公所籌建吳濁流文藝館，在苗栗社區大學開設文史課程，擔任苗栗夢花文學獎的評審工作，並接任苗栗加里山劇

《人間》雜誌創刊號封面

團團長之職，盡其所能地爲家鄉的文化建設貢獻一己之薄力。

藍博洲也重新開始了停筆多年的小說創作，出版了歷時十年、六度易稿的長篇小說創作《藤纏樹》。這部以客家庄的歷史、文化爲背景的《藤纏樹》已由加里山劇團改編爲舞台劇本，準備在今年年底公演。

藍博洲以爲，往後的人生也將這樣在純樸清淨的故鄉，繼續寫作吧！雖然日子過得淡泊，卻也是人生難得的幸福。

救救孩子

然而，歷史總是不按照人們的主觀願望前進的！

藍博洲怎麼也沒有料到，從日據以來，歷經幾代人拋頭顱、坐黑牢的犧牲，才勉強取得的相對公平的資產階級議會民主的選舉遊戲規則，卻在政府最高領導人選舉的最後時刻，那麼輕易地就被三月十九日的兩顆子彈，毀於一旦。

綠色政權政客們背叛民主的無品，藍色陣營領導人與大小政客們事後所表現出來的無能，讓藍博洲預見到台灣未來政局將永無寧日的現實。更悲哀的是，以「公投」綁大選的陳水扁政府竟然完全不顧「公投」的結果，鄙視民意，一意孤行，不惜以出售國土、釋股及長達五十年的舉債支應等方式，強要通過六千一百零八億一百七十八萬元的「中央政府重大軍事採購特別預算」，向美國購買軍火，以換取後台主子對「兩顆子彈政權」的保護。爲了取得軍購的正當性，從而在軍火交易中獲取暴利，綠色政權那些口口聲聲「愛台灣」的大小政客們於是不斷地以挑釁的言詞，刻意升高兩岸對峙的情勢，逼使兩岸瀕臨戰爭的

「反戰，救孩子」文宣品

邊緣；為了私利，他們既看不到那些失業工人生活的愁容，也看不到貧窮孩子失學的無助，甚且在騙了選票之後就毫不憐惜地把他們長久以來所宣稱「敬重的」台灣人民，當作俘虜，綁在戰爭機器的槍口下。

藍博洲看到，局勢照這樣發展下去，已經瀕臨戰爭邊緣的海峽兩岸，勢必再次爆發不可避免的民族內戰。戰爭一旦爆發，我們美麗的寶島家園勢必變成殘破的廢墟；我們可愛的孩子們就將成為內戰烽火下的砲灰！他憂心地想著：

如果孩子們沒有了明天，他的寫作還有什麼意義呢！那麼，為了讓孩子們還有明天，他就應該勇敢地站出來，大聲高喊：反戰，救孩子！

於是，藍博洲毫不猶疑地接受他素所敬仰的國際級電影導演、台灣民主學校校長侯孝賢的徵召，為了「重建被背叛的民主」，更為了「反戰救孩子」的當務之急，秉持「橫眉冷對千夫指，俯首甘為孺子牛」的精神，站出來參選。

一般認為，選舉文宣的字數不宜多、字體要大。可我考慮到地方民眾對我的陌生、宣揚理念的參選目的等，所以必須詳細陳述自己的出身背景、成長過程及參選動機；我認為，只要文宣的美編做得好——樸素、大方，鄉下地區的民眾，只要是識字的，拿到這樣一份不同以往的文宣，應該會耐心讀下去的；只要他們讀過這樣的文宣內容，我們就有可能讓他們接受我們的理念。

最後，我說服了其他工作夥伴，接受這樣的文宣內容。

十月八日◉七大政見

從今天開始，一連四天，台灣地區第六屆立法委員選舉辦理候選人登記。侯導今天下高雄，陪鄭麗文登記；十日又要到韓國，參加第二屆釜山影展，領取亞洲電影人獎。因爲這樣，我們決定明天邀請侯導、朱天心和唐諾下來，舉行台灣民主學校苗栗分校創校和我個人參選的說明會，然後前去苗栗選委會辦理登記。

爲了迎接第一次的正式參選記者說明會，競選辦公室的整修工作終於在晚上大體完成。買了幾張長條辦公桌和椅子，貼上「台灣民主學校」的剪字；一個簡陋的辦公室總算可以使用了。

半夜，回到家。阿靈還在電腦桌前準備明天辦理登記的各項表格資料。洗完澡，隨手抓了一本魯迅的雜文集，在床上閱讀；準備讀到眼睛感到疲勞時闔眼入睡。

「你這樣就要睡了嗎？」阿靈盯著電腦螢幕，頭也不回冷冷地問說；聽那口氣，顯然已被那些表格資料搞得煩躁了。「你的政見要怎麼寫？」

「不是開會討論過了嗎？」我把視線從魯迅的雜文轉向電腦桌的方向。「主要訴求就是：『反戰，救孩子！』，再加上三反三要：『反台獨，要三通！反軍購，要福利！反內戰，要和平！』的具體內容嘛！」

「這樣，會不會太簡單了呢？」阿靈提醒我，「選委會的規定是以六百字爲限，可你卻不到廿五個字；要不要補充一些其他訴求呢？」

「好吧！」我說。

民主學校的共同政見包括：島內民主、賦稅公平、族群平等、兩岸和平。所有接受民主學校推薦的候選人可以在這四項共同政見之下，按照不同選區的特殊性，提出因地制宜的具體政見。

我想了一下，於是從最高綱領開始說起：「一、反戰，救孩子！——反台獨，要三通！反軍購，要福利！反內戰，要和平！」

我下了床，走到阿靈的背後，看她把字都打好後，繼續說道：「二、重建被背叛的民主。三、賦稅公平，抑富扶貧。四、族群平等，兩岸通婚。」

除了民主學校這四項共同政見之外，我想，還得針對苗栗縣的地方政治生態提出一些具體的政見。由於本縣的居民結構以客家人爲最多數，而客家人歷來又有硬頸的抗爭傳統，所以我繼續說道：

「五、發揚客家人的抗爭精神。」

再者，光復以後，苗栗縣的政治一直由地方派系所形成的政經利益集團長期壟斷把持，所以，我又繼續說道：

「六、揚棄分贓的派系政治。」

我想，如果這些理念能夠受到選民的支持，進而高票當選的話，一定會鼓舞更多形象清新的地方人才，敢於跳下來參選；那樣的話，就可以開創苗栗新政治了。所以，我說：

「七、開創苗栗新政治。」

這樣，我的七大政見便具體擬定了。

十月九日◉登記

早上十點不到，侯導、唐諾和朱天心便從台北趕抵競選辦公室。朱天心趁著別人沒看到的時候，拿了一個裝著五萬元的信封袋給我，說是姊姊天文託她帶下來的。看到天文在信封袋背面寫了幾個字：「給博洲打仗！」心中感到一股無法名狀的溫暖。

我想，不管情勢如何險峻，這一仗得好好打下去，才不辜負眾多朋友的支援。

台灣幾家大報和電子媒體的地方記者也陸續到來了。

十點整，記者會準時開始。

首先，侯導以台灣民主學校校長的身分說明台灣民主學校的創校經過與目的。

接著，唐諾報告了民主學校今後四大工作的具體內容——紀錄電影的攝製、持續進行各種重大議題的公民論壇、出版新民主叢書與雜誌，以及推薦優秀人才參選立委等。

朱天心然後通過題爲〈我們眞羨慕苗栗人有藍博洲可選〉的新聞稿，公開說明民主學校爲什麼要推薦藍博洲在苗栗縣參選。她說：

……藍博洲不是政治中人，但其實他在台灣的文學／文化／史學界中，足領風騷了二十多年，原先「民主學校」打算以他這優勢和在文化領域的高知名度，邀請他在台北縣市的都會區參選，選戰不僅好打，戰果亦可預期。但藍博洲表示基於他對鄉土的濃厚情感，以

侯孝賢、朱天心與唐諾主持民主學校苗栗分校開學典禮

及不甘心苗栗縣歷年來在國人的心目中呈現的「只能接受保守傳統地方型政治人物、選風不佳」的刻板印象，而選擇在苗栗參選，希望能提供給鄉親一個進步的、不同的選擇。

我們尊重他作爲一個土生土長的客家子弟對自己家鄉的熱情和使命感。

推薦並大力支持藍博洲在苗栗參選，以他二十多年來對台灣文學文化史學的努力和貢獻，相信他在國會將有優異的表現，並迫使其他委員作良性競爭，將目前我們所厭惡的政商掛勾、黨派利益、關說、惡鬥、不顧人民利益……的國會文化徹底改變。……

我們眞羨慕苗栗人有藍博洲可選。

最後，我以候選人的身分簡要報告了參選的心路歷程和七大政見。

十一點整，記者會結束。

侯導、唐諾和朱天心，分別從竹南鎮、頭份鎮、造橋鄉和三灣鄉等地自動趕來的我過去採訪過的七、八位五〇年代白色恐怖政治受難人，以及從台北下來的幾位常在「巴黎公社」喝酒的朋友，隨即陪我前往選委會，辦理參選登記。

原先以爲，時近中午，人應該少了。沒想到，現場卻還簇擁著一個國民黨和另一個台聯黨候選人帶去的幾百名群眾，在那裡敲鑼打鼓、鼓譟造勢。原來，他們是刻意選擇、等待「吉時」辦理登記的。我們誤打誤撞卻也碰了個「吉時」。

按規定，「經登記爲候選人者，不得撤回其候選人登記。」

就這樣，通過官定的登記手續，我從所謂「立法委員擬參選人」變成正式的候選人了。

在這個讓人時時感到無望的時代，我和競選團隊的夥伴們都有了魯迅所說「要有這樣的戰士」的覺悟！艱苦雖然可以預料，可我們已有打一場不一樣的選戰的決心。

十月十日◉別又讓人牽走了

決定參選以來，最快樂的事是：除了認識一些新的不甘心讓台灣就此沉淪下去的、具有理想主義的文化界朋友之外，就是和那些久未聯絡的、從前一起搞社會運動的朋友們重新恢復聯繫了。昨天晚上，遠從偏僻的獅潭鄉山村來到辦公室的榮賢，就是這樣的典型。

認識榮賢，是在一九八七年，參與工黨建黨小組工作的時候。初見的榮賢，雖然年紀大我幾歲，也才三十幾吧！他的身材高大，面貌英挺——高鼻、大眼、濃眉，膚色略黑；一副客家漢子的樣態。因爲是苗栗同鄉的關係，對他也有另外一種親切。一同南下串聯、組織工人的旅途中，他向我聊起爲何決心放棄安定的教職，投身社會運動的心路轉折。

「我的轉變主要是受到恆春國中的老同事關曉榮的刺激吧！」榮賢看了看車窗外急速流逝的風景，笑了笑，然後從容地說著。「曉榮在恆春國中教書的時候，算是我最談得來的同事；可他後來卻毅然放棄教職，上了台北，先是開計程車，然後從事報導攝影的工作。他偶爾回到恆春，我們也見面敘舊；可我並不是那麼清楚，也無法體會他的人生轉變的內心掙扎。一直要到上回，他和一些朋友回來恆春搞反核運動；看到他們在運動現場表現的激昂場面，以及晚上聚餐時喝酒閒聊的飛揚神采，我才突然意識到：自己年輕的生命竟然是那麼的死寂無力——每天，下了課，除了跟同事喝酒鬼扯，就是打打麻將而已；日復一日，一晃十幾年。那時，我第一次想到，不能再這樣活下去了……。」

榮賢於是就像當年的關曉榮一樣，毅然辭去教職，前來台北，追尋生命的另一種價值。因爲種種主客觀因素，我後來離開了工黨建黨小組的工作，專心投入台灣民眾史的田野調查與研究；跟榮賢碰面的機會就少了。後來，見到一些從事工運的朋友，總要探問榮賢的情況；由於榮賢的思想武裝不夠、個性又耿直，我擔心他在人事複雜的工運圈子裡適應不良。果然，榮賢的情況顯然比我想得還要嚴重；每一次向朋友探問，我總要聽到他受挫的消息。記得，有一次，我和曉榮一起在他家附近的路邊攤喝酒閒聊；酒酣耳熱時，曉榮的母親著急地從家裡趕來，說是接到電話通報：榮賢醉酒騎車，摔倒在某個鐵路平交道前，情況不明……。那是關於榮賢印象最深的一次記憶。我當時想，行事沉穩的他能夠喝成這樣爛醉，一定是活在內心的極大痛苦之中吧。後來，聽說榮賢繼續在基層從事工運；再後來，又聽說他終於離開工運圈子，不知去向……。

兩三年前，父親出殯那天，在苗栗市近郊大坪頂的墓地又偶然見到他；他捧著牲禮，要去掃墓；我在等待父親入土；彼此只能打個招呼，也沒說上話。

一直要到昨天晚上，榮賢才告訴我他的近況：離開工運圈子後，他活得極爲潦倒——既不爲家裡的老人家諒解，又無法回去任教職；於是就四處流浪，靠著打零工，養活自己那副臭皮囊。幾年前，他才又通過考試，回到某國中擔任代課老師；現在也回復到正式老師的身分，並且娶妻生子了。

「繞了一大圈，生命彷彿又回到原點了；」榮賢苦笑著，「現在，下了課，除了釣釣魚，還是打麻將來殺時間。雖然如此，走過那麼一遭後，人生觀總是不一樣了；一直聽到心裡有另一種聲音在責備自己：不能就這樣活下去呀！因此，心裡總想，有機會還是要出來做點事

橫眉冷對千夫指

的！」

除了榮賢，輔大企管系畢業的學弟阿財，也是另一個典型。他，沒想去賺錢，一退伍便投入當時蓬勃展開的工運；大小戰役，無所不與；在人事複雜的圈子裡，也是搞得傷痕累累；到最後，終於在老人家的壓力下，娶妻生子；並且在生活壓力下，離開工運圈子，回到南部，過著朝九晚五的上班族的日子。

我們偶爾會在一些社運圈老朋友的結婚喜宴上見到面。儘管如此，一通電話給他，昨晚，他還是二話不說，自己借了輛老舊的貨卡車，幫我們把借來的快速印刷機，連夜從高雄載到苗栗辦公室。我想，這就是革命情感吧！

今天是星期假日，振國因爲家裡有事回中壢。我於是提議：到苗栗鄉下走走，一方面拜訪親友，一方面踏青。我和阿財同樣是一家四口，再加上俊傑和他女兒，就在我帶路下，經明德水庫，轉往台三線公路，沿途拜訪我不同時期的同學或是曾經採訪過的五〇年代白色恐怖時期的政治受難者；他們大概都是我這次參選的基本支持者。

路經獅潭鄉，我們又去拜訪榮賢；在他家喝了一泡茶，跟他的父母閒聊。榮賢隨後又熱心地帶我們前去拜訪他的親友。然後，我們來到大湖鄉最南端的栗林村，拜訪當年搞運動時認識的共同的朋友——阿吉仔；正在田裡種草莓的阿吉仔直向我說抱歉，因爲農忙，他暫時無法幫忙選務……。

天漸漸黑了。我們來到古廟法雲寺山下的汶水老街。阿財一家人還要趕回高雄，我於是帶大家到一家客家小吃店用餐。等待上菜的時候，我們幾個男人在陽台上望著對面雄偉的山壁抽菸閒聊。我看到榮賢撥了電話，用客家話告訴家人：不回家吃飯，不用等了。這時，我聽到話筒傳來電話另一頭榮賢母親的諄諄告誡：你別又讓人牽走了啊！

榮賢掛了電話。

「都五十幾歲的人了，」我故意笑榮賢說：「還能讓人牽走嗎？」

榮賢望著我，苦笑。

十月十六日◉寒意

民眾的反應果然如事先所預料的冷漠！

這是昨晚跟今夜辦了兩場「電影文化之夜」系列活動後的感慨。

按照用放電影來接近民眾的原初構想，昨晚，我們以台灣民主學校苗栗分校的名義，在縣政府前的苗栗市民廣場，舉辦了參選以來的第一場競選活動；主題是：「侯孝賢《好男好女》電影欣賞會暨藍博洲《幌馬車之歌》新書發表會」。

雖然當天各大報的文化版都以較大篇幅刊登了十四日在「台北之家」舉辦的《幌馬車之歌》（增訂版）新書發表會的新聞，地方上的幾家大報也都刊載了活動的消息，活動傳單也在苗栗市區人潮較多處散發了，可到場的民眾卻不到二十人。如果扣掉那些前來捧場的朋友、同學和學生們，實際參與的一般民眾還不到十個人。

冷風襲襲，觀眾寥寥，廣場的氣氛顯得更加寂寂。

詩人朋友莫那能講過一個他在黨外時期幫人助講的笑話——一個下著毛毛細雨的冬夜，同樣是聽眾稀稀落落的場面，眼睛還沒有全盲的阿能站上講台時，耐不住濕冷天氣的聽眾一個個離去了；可他依稀看到還有一個人，不畏冷雨，站得筆直，立正聽講。滿懷熱情的他於是決定繼續講給這個忠實的聽眾聽……。講演結束，阿能走下講台，想跟這位知音握手致意；現場的朋友才告訴他：那是蔣介石的銅像……。

在工作會議上，競選團隊的夥伴們因此一致決議：學習阿能「就是只有一個人在聽，也要講下去」的精神。

電影《好男好女》劇照

因爲這樣，我還是按照工作團隊的事先決議，在侯導的電影《好男好女》放映完畢之後，一邊吃風一邊作了第一場的問政說明會。

工作檢討會上，大夥兒並沒有被冷清的場面擊垮；大家寧可相信：轉冷的天候和本就稀少民眾出入的市民廣場，客觀地決定了當晚的結果。我們期許今晚在南苗繁華市區的三角公園舉行的第二場「電影文化之夜」，應該會吸引更多一些的民眾前來參與。

因爲這樣，今天一早，我便帶領大家前往三角公園附近的「客家美食街」，品嘗傳統風味的早餐，然後分頭在幾家小吃店，分發活動傳單給用餐的客人。

到了晚上，我們總結昨晚的經驗，稍稍改變了活動內容；首先，放映影片《好男好女》濃縮版和多年前張大春攝製的電視節目「縱橫書海」中專訪我的單元「尋訪被湮滅的台灣史與台灣人」，然後由我用幻燈片的方式介紹《幌馬車之歌》的故事。我一邊講解一邊觀察現場的情況；我心裡頭數了數，聚集在三角公園內的民眾約略有三、四十人，如果再加上公園外排班候客的計程車司機和偶爾駐足聆聽的路人；情況似乎比昨晚稍好一些。然而，我又注意到，如果扣除掉我的家人親戚和一部分已經喝醉酒的遊民之外，眞正前來參與活動的民眾就不是太多了……。因爲這樣，當我介紹完《幌馬車之歌》的故事後，就沒有熱情再談什麼參選政見了。

活動在九點左右結束。

幫忙收拾會場的時候，我想到先前去苗栗市公所商借場地時，市長秘書說過的一句話：「我眞擔心，像你這樣的文化人在苗栗這樣保守的地方參選，你的票到底在哪裡？看看我們苗栗歷來的選舉所選出來的人，你就會知道：有怎樣的選民，就有怎樣的民意代表啊！」

想到這裡，內心不由升起一股莫名的寒意。

然而，現實果眞如此嗎？

【民眾的聲音】

寄件者：楊儒賓

主　旨：無奈

我極樂意當藍博洲的推薦人，我想他會選得很辛苦。但如果有種新的政治論述可以慢慢醞釀，這就不錯了。

台灣兩黨起乩，全民起痟，逼得我們最優秀的文化人都要跳火坑，無奈，無奈，無奈，三聲無奈。

即致　敬禮！

十月二十日◉買票錢要怎麼發下去？

鑒於兩次「電影文化之夜」活動的反響不太理想，今晚開始，競選團隊決定不再自己辦活動等民眾來了；改爲前往人潮聚集的夜市，主動面對群眾，展開反對六一〇八億軍購案的簽名連署活動。由於竹南、頭份地區幾名文化界的朋友約有飯局，於是兵分兩路；我和振國、俊傑三人，前去赴宴；其他人就到苗栗市玉清宮夜市擺攤，進行反軍購連署。

我們三人午後便出門了。沿路，前往造橋鄉大坪村和頭份流水潭，分別拜訪了兩位五〇年代白色恐怖時期的政治良心犯；然後在六點整，準時到達竹南高中校門斜對面的牛家莊小吃店。作東的是一名建築師，作陪的是寫小說的W老師和寫詩的D老師。酒過兩巡，建築師的言談便透露了他的目的；其實他只是要摸清我的參選動機和背後有哪些依靠而已，並不是眞心想要支持我的參選。我們也不勉強。

散席後，D老師有社區大學的課要上，拿了一些文宣品和名片，說要幫忙發給學生，就先離開了。W老師雖然不便公開支持，但願意提供一棟兩層樓的房子，給我們當作競選服務處。我們於是跟隨他走到附近不遠處，參觀那棟暫時空在那裡的房子；然後又應他的熱情邀約，轉到他家喝茶。到了家，他隨即打了幾通電話，邀請一些當地知識界的朋友，前來坐聊。不久，一位叔叔也在五〇年代白色恐怖時期被槍決的蕭老師來了；我於是向他報告我所知道的有關他叔叔的歷史。

走出書房，走向群衆

再不久，一位曾經當過某鄉鄉長的邱老師也來了；是個愛說話的人。他接過我遞給他的名片，看到名片上頭印著「反戰，救孩子！」的競選訴求，隨即把我數落了一番，直說：「你太不現實了！」接著，他就從當年參選鄉長的經驗談起，沒完沒了；然後又開始吹噓：當年爲了把地方上某位政客拉下馬而如何把這次仍出來競選連任的某國民黨籍立委拱上去的英雄事蹟；洋洋得意。

我們三人安靜地聽著，不表示任何意見。他然後又詳細地談起如何在選舉的最後一夜幫這位政客把五千萬買票錢送出去的情形。他說，錢只要下得去就當選，下不去就落選。

「藍先生，」那個邱老師隔著茶几，坐在對面的沙發上盯著我看，一臉詭異地問我：「我問你，如果是你，在檢調單位嚴密監控下，這五千萬你要怎麼送出去呢？

你是寫小說的，那麼，現在請你發揮一下你的想像力，告訴我。」

說實在話，我的生活經驗根本無法提供任何有關這問題的想像基礎，於是吸了幾口菸，假裝苦思的樣子，然後搖搖頭。

「我就知道你絕對想不出來的！」他興奮地說道：「我告訴你，我後來想到，找來一台貨卡車，把那五千萬鈔票用油紙包好，上頭塗上豬油，再把幾頭殺好的豬隻蓋在上頭，貨卡車的周圍同樣吊著幾頭剛殺的豬，然後就佯裝是送豬肉的車子，連夜挨家挨戶地送到椿腳的家去……。」

聽完他的敘述，我還眞開了竅；原來，買票錢是這樣發下去的。

離開竹南，在回苗栗的車上，腦海中一直是那個邱先生不以買票爲恥卻自以爲是的嘴臉；想到苗栗的選風就是讓這些助紂爲虐的知識分子搞成如此不堪的，心緒也就一直抑鬱不快。

【民眾的聲音】

寄件者：苗栗客運

主　旨：不敢說是苗栗人

我不想再把什麼地方派系，什麼地痞流氓，什麼金牛、黑牛，什麼寶不寶之類的耍寶人物送進立法院，拖垮國會形象，癱瘓國會功能，白吃人民的血汗錢。

因此，我要選藍博洲。

十月廿一日◉無奈與支持

白天，仍然在振國的陪同下，展開拜會地方舊識的活動。

傍晚，到了泰安鄉七古林山區的村落；兩人於是順道進去泰安溫泉，一邊泡溫泉，一邊討論參選以來的種種問題。入夜以後，轉進到大湖鄉的夜市，展開反軍購連署的活動。家住該鄉栗林村的朋友阿吉仔和南湖村的友人吳君的大哥，也前來幫忙散發傳單。原先預估，在這偏遠的山鄉，能有十五人簽署就算不錯了；可九點三十分收攤時，卻有三十幾人連署。

吳君的大哥要帶我們去拜會該鄉鄉長，我們雖覺沒有事先約定，禮貌上不宜；可吳君的大哥極力強求，我們不忍違背他的好意，只好驅車跟隨。到了鄉長公館，停車場一片暗黑；屋內卻燈火通明。下了車，聽到一陣麻將搓牌聲傳來。

「人家在打牌，不進去了；」我跟吳君的大哥說。「改天再來吧！」

無奈！吳君的大哥已經一路嚷嚷著把我硬拉進去，然後向正在打牌的鄉長介紹我了。鄉長一邊摸牌一邊要吳君的大哥等一下。我說：「不打擾你們，你們繼續忙吧！」說著就要轉身離開。這時，鄉長才不情願地起身，邀請我們入座。我們堅持不坐。吳君的大哥又在一旁嚷嚷，彷彿他與鄉長的關係非比尋常；由於狀況不明，怕傷了他和鄉長的關係，只好坐下來。

鄉長的家人端來一杯茶；我喝了一小口，是冷的。

「你要出來選什麼是不是？」鄉長問道。

「選立委啦！」吳君的大哥回答。

「你要在哪裡選？」另一名鄉民代表湊進來，故意揶揄說。

「我不在苗栗選，來這裡幹什麼？」我壓抑著不發脾氣，但不客氣地回應說。氣氛極爲尷尬。我於是起身告辭說：「不打擾你們打牌。」

鄉長這才一邊倒水泡茶一邊客套地說：「既然來了，喝杯茶，再走嘛！」

「鄉長跟我就像兄弟一樣，」吳君的大哥又在一邊附和。「既然來到大湖，拜會本鄉大家長也是應該的！」

因爲是自己朋友的大哥，不好把場面弄僵，只好無奈地又坐了一會，聽那鄉長胡謅一些空話……。

從大湖回到家，已經是半夜了；心情被那樣的蠢事搞到從沒有過的低落。打開電腦，看到旅居美國紐約的葉芸芸大姊轉來一份海內外知識良心的連署名單及幾則支持推薦信。

看到這些識與不識的朋友的支持，對現實開始感到無奈的我，重新燃起了迎面鬥爭的勇氣與信心。

【民眾的聲音】

寄件者：徐松沅（美國德州化工技術公司總裁）

主　旨：還能做什麼？

非常高興能有機會推薦藍博洲參選立委。來函告知還能做什麼？

十月廿四日◉不畏暴力

午後，振國陪我到苑裡華陶窯，參加苗栗社區大學的教學研習活動。遇到一些苗栗地區的知識分子。有事急著回台北的社大校長把我拉到一邊，向我表示：雖然支持我的參選理念，但是，因爲社大的經費需要地方政府補助，所以這次選舉，他無法公開支持我；希望我能諒解。另外一個從事地方文史工作的L氏，也沒頭沒腦地向我表示：爲了生活，他要賺點錢。（後來，我才知道，他就在我們競選辦公室旁的某國民黨候選人競選總部擔任操盤手。）

雖然沒有獲得任何一個地方文化人的公開支持，社大秘書長還是刻意安排我向在場研習的老師們講述我的參選理念，並且讓我們給在場參加研習活動的學員一一分發了參選文宣。

活動結束後，我們又驅車轉往後龍鎮夜市；進行晚上的反軍購連署活動。

在路上，接到坐鎮總部、負責新聞聯絡工作的林哲元的電話。他在電話那頭激動地說：剛剛看了電視新聞的報導，下午在高雄舉行的反軍購遊行，遭到綠營群眾的暴力阻擾……。他憂心，三十日在苗栗舉辦的「反軍購：愛與和平音樂晚會」可能也會遭到同樣的騷擾。

哲元念國中時就因爲參加「人間報導攝影營」和我們認識，是一個充滿社會改革熱情的年輕朋友，幾天前，特地放下手邊的工作，下來苗栗，一起投入選戰。

振國和我略加討論以後，隨即電告哲元：立刻以「藍博洲競選總部」的名義向各媒體發表公開聲明。聲明的內容要強調如下幾點：

一、合法申請的高雄反軍購集會遊行，遭到部分綠營立委候選人及其支持群眾以暴力相向的事件，不應粗糙地歸類爲藍綠衝突，而是人民合法集會遊行的權利和言論自由遭到嚴重傷害，是台灣民主政治倒退的表現。因此，我們嚴厲譴責部分綠營群眾挑釁阻礙在高雄舉辦的反軍購大遊行的行爲。

二、「反軍購，要福利」是我這次參選的主要政見訴求之一。我們預定在本月三十日與「反六一〇八軍購大聯盟」共同舉辦的「反軍購：愛與和平音樂晚會」，已向苗栗市警察局提出合法的集會申請；我們也將不畏暴力，如期在苗栗文化局前廣場舉行。

三、早在九月底，苗栗縣議會就已經通過反軍購建議案；反軍購，是絕大多數苗栗人的心聲。我們對苗栗民眾的理性守法有信心。

四、這次選舉將是「反軍購」和「要軍購」的對決。針對執政當局冒險急進推動台獨，刺激中共，又舉債向美國購買軍火的做法，我將站在「反戰救孩子」，對子孫後代負責的立場，堅持反對到底，相信苗栗選民會做出明智的選擇。

一句話，我們將不畏暴力，堅決反對六一〇八億特別預算軍購案。

到了夜市，我們就以高雄的暴力事件作爲街頭喊話的主要議題，不斷地向來來往往逛夜市的民眾，進行反軍購的政治教育。

海風一陣陣颳來，冷冽，也讓頭腦更加清醒。

【民眾的聲音】

寄件者：阿靜

主　旨：尋找改變

藍老師，我是苗栗社大的執行秘書。說來可惜，雖然兩次電話力邀您開課，卻從未有機會與您當面交談。在華陶窯終於第一次見到正式參選的您。

回程途中，不斷在思考您參選的動機。對於您的宣布參選，心情很是複雜。感覺苗栗多了一絲新生的希望，卻又不忍見到這股理想和力量所需面對的殘酷現實。

回到苗栗三年的時間，感觸很深刻！選擇社大，是因爲這個場域可能的純粹性與理想性。然而讓我感歎的是：在苗栗，NGO組織雖能有所作爲，但力道眞的太小！總覺得若能從政治生態的變革開始，苗栗生機無限！

多年來，苗栗的候選人年復一年，不見新面孔，更遑論新作爲！您的參選著實是件令人振奮的事。雖說政治環境現實殘酷，立院更是令人無法恭維，但很期待您的參選不僅是志在參加，如能以勢在必得的心態看待與運作，我相信，整個過程中對苗栗民眾的影響才是眞實的、深刻的！

仔細看過您的文宣，以及偶爾聽聞您的拜票行程，我想，依苗栗的現況，再多的理想熱情終將耗磨殆盡！您目前的競選策略是否均以在地民眾爲主呢？以您的清新形象與理想性格，想於苗栗的在地群眾間尋找支持者，實在不是件容易的事。苗栗人太習慣用「習慣」做事，幾乎不相信「改變」的可能性。以您資源相對匱乏的情況下，這種做法似乎投資報酬率太低！

所以，我想問問您：不知您是否有以外地的苗栗年輕族群爲訴求對象的任何規劃？年輕人理想性高，接受新思想的可能性也遠超過在地的民眾，況且，若年輕輩是知識分子，對家族年長成員的影響力與説服力也高。苗栗實在太需要年輕的力量挹注！如果能夠透過這次選舉讓苗栗後生重新關注家鄉事，我相信，不論選舉結果如何？您和苗栗都是這場競賽的赢家。

希望您能夠善用現有的形象優勢與個人特質！

祝一切順利！

十月廿八日◉來自遠方的熱烈反響

來自遠方的熱烈反響，讓競選團隊的士氣大振。

晚上七點剛過，正準備前往頭份鎮，接受地方電台「大漢之聲」的專訪；辦公室那兩支電話卻接連不斷的響了起來，都說是要找我的。原來是日前接受陳文茜女士主持的「飛碟晚餐」電台專訪剛剛播完，那些電話都是遠方的熱情支持者打來的。他們分別是住在台北市、高雄市、台南、桃園、新竹等地的民眾，有男有女，基本上應該都是三十幾歲以上，有一定社會歷練與關懷的青壯之士。一些女士感情激動地哽咽說：沒想到台灣還有像你這樣的知識分子。一些男士則聲音高亢、慷慨激昂地批判不分藍綠的大小政客們。但是，不管情緒如何，他們都異口同聲地表示：選區不在苗栗縣，不能投票給我，卻想要用實際行動支持我。有人問捐款帳號；有人說要買我的所有著作二十套；有人說他是學美工的，要義務幫忙作文宣設計；有人表示苗栗是他的家鄉，雖然自己的戶籍已經遷出，還是可以幫我向親戚朋友拉票……。

一直到不得不出門時，電話還是響個不停。

自從對外宣布參選以來，地方上許多識與不識的民眾，總是譏嘲我們「陳義過高」。現在，這些來自遠方的熱烈反響，雖然在選票上沒有實質助益，可相對苗栗家鄉死水般的冷漠，卻讓我們感到從沒有過的興奮。

來自遠方的熱烈反響，讓我更加確信：只要我們的文宣能夠落實到位，我們的政治理念還是能夠得到那些有社會良知的民眾支持的。問題是：在人力、財力都不足的情況下，我們要如何讓文宣全面發放到每一個選民手上呢？

【民眾的聲音】

寄件者：小梅

主　旨：要有這樣的立委

去年邀您來中興大學演講，還印象深刻。今年就聽說您選立委了。我也住苗栗。上次回家，在街上看到您的宣傳車，打著反戰的口號，對您深感敬佩！

我們社會就是要有這樣的立委才行！

十月廿九日◉羅福星、陳水扁與石原慎太郎

羅福星（1886-1914），原籍廣東省嘉應州鎮平縣的客家抗日先烈；陳水扁，祖籍福建省詔安縣的福佬化客家人，中華民國現任總統；石原慎太郎，積極鼓吹日本軍國主義復活的日本國東京都知事。

那麼，羅福星、陳水扁與石原慎太郎，能有什麼樣的聯繫呢？

廿五日，中度颱風納坦的狂風暴雨將台鐵東部幹線路基掏空四百多公尺。但是，爲了配合日本東京都知事石原慎太郎搭乘「寶島之星」（Formosa Star）觀光列車首航的行程，台鐵連夜搶修，並於廿六日上午特別開放封閉中的路段，讓島內最豪華、售價最高的「寶島之星」觀光列車通行，隨即再度封閉。石原搭乘的這輛頂級列車成了北迴線唯一一列由台北駛往花蓮的專車。列車所經鐵路沿線但見災情慘重；停靠站上，許多等不到車坐的民眾氣憤不已，他們紛紛抱怨：爲何頂級列車可以通行，其他列車都得停駛？

石原的特權於是受到一些在野黨政客的批評。

廿八日，陳水扁接見石原慎太郎，並對石原近日在台灣受到「污名化」，甚至「痲瘋化」的「委屈」致歉。

我以爲，石原搭乘的頂級列車是否享有特權，民眾自有公評；但陳水扁將民眾的抱怨與在野黨政客的批評扭曲爲石原在台灣受到「污名化」、「痲瘋化」的「委屈」，實在荒唐。更

向羅福星銅像致敬，並發表抗議聲明

重要的問題是：近日藍綠政營爲此事件的爭辯，完全沒有指出，石原是日本極右翼的代表人物，他不但否認過去日本侵略政策帶給亞洲人民的傷害，甚至長期以來積極鼓吹日本軍國主義的復活。

歷史告訴我們，在日本帝國主義殖民統治的五十年期間，光是我們苗栗縣，就有無數的客家先輩爲了抵抗日軍的佔領，反對日本的殖民統治，英勇地展開武裝鬥爭，最終壯烈成仁，或獄囚至死。紀念銅像屹立在市郊貓狸山公園的羅福星，就是其中的典型人物。

斑斑史實絕對不容磨滅。

無庸置疑，像石原之流的日本右翼政客，不但不會是台灣人的朋友，而且應該是所有有良知的台灣人同聲譴責的對象。然而，每逢選舉時都說自己是客家人的陳水扁竟然無視日本軍國主義的滔天罪行，以及客家先民英勇抗日的歷史，公然向石原愼太郎卑躬屈膝地致歉；它不但給台灣人民做了極壞的示範，更是對抗日的台灣前輩們最大的侮蔑。

針對陳水扁這種有失台灣人尊嚴的言行，競選團隊的所有成員一致認爲必須表達嚴正的抗議。

下午兩點，我們於是和支持民眾共十數人，來到苗栗市貓狸山公園（日據時期紀念北白川宮名爲將軍山，光復後紀念羅福星名爲福星山，近年來在所謂「本土化」浪潮下改爲貓狸山），進行一場不同於其他候選人聲嘶力竭、造勢作秀的「抗議活動」。在兩名助選員分別舉著「先賢爲抗日捐軀苗栗至今有光輝」、「阿扁竟背祖辱台客族從此蒙羞顏」的對聯標語前導下，我雙手捧著一束黃菊花，領著一行人，從公園門口安靜肅穆地走上那段日據時期遺留下來的石階，來到羅福星銅像前，敬禮獻花，遙祭先烈英靈，然後以候選人的身分發表了簡短而嚴正的抗議聲明。

行動簡單，儀式隆重，意義卻是深刻的！

【民眾的聲音】

寄件者：老巫

主　旨：硬頸下去

政客的區隔，讓台灣人當不成台灣人。政治的對立，內耗未來的建設。下一代的未來，不應指望沒良心的政客。

感謝您讓我見到客家的良心。

硬頸下去，爲了下一代。

十月三十日◉當家做主人

難道苗栗的鄉親果眞那麼封閉保守嗎？

這是以「台灣民主學校苗栗分校」名義辦完開學第一講活動後的感慨。

雖然有過兩次「電影文化之夜」活動的受挫經驗，可爲了改變例來庸俗吵鬧的選舉文化，爲了藉著選舉活動豐富苗栗的文化生活，競選團隊經過周全的討論後，還是決定租借文化局四樓光復廳，以「台灣民主學校苗栗分校」名義，策劃一週一次、一直到投票日爲止的系列文化講演。其中，開學第一講特別邀請到海內外知名的小說家陳映眞先生。

中午不到，陳先生及其夫人便從台北來到競選辦公室。稍事休息，我請他們先去用餐。「別費事了，」陳先生以其一貫的客氣說，「你在《藤纏樹》裡頭反覆地描寫著面帕粄的滋味，就帶我們去嘗嘗吧。」我於是帶他們去一家六十年老店，吃俗稱「面帕粄」的客家粄條。簡單用餐後，我們又驅車轉往會場。講演的時間還沒到，偌大的會場零零落落坐了十幾個前來聽講的民眾；幾個利用假日從台北下來幫忙的年輕朋友，趁著開場前的空檔，在場外的角落吃便當。

民眾陸陸續續來到會場。

兩點整，講演準時開始。我以主持人的身分作了簡單的開場白，大略介紹了陳映眞先生的背景與講題，然後把麥克風交給陳先生。陳先生首先解釋：主辦單位原本給他的講題是

「殖民地的傷痕」，他也答應了；但是，就在幾天前，美國國務卿鮑爾在訪問中國大陸後對CNN和鳳凰衛視清楚明白地宣示：台灣沒有獨立的主權；台海兩岸問題解決是和平統一。消息傳來，朝野兩黨的反應不是「慌成一團」，就是「有點語無倫次」。因此決定臨時改題爲「揭破『主權』謊言，當家做主人！」，通過台灣的歷史回顧，談一談「到底台灣是不是一個『主權獨立』的『國家』？」

陳映眞先生首先通過具體的歷史說明：「台灣自古就不曾『獨立建國』；台灣在帝國主義時代淪落；台灣的割讓和光復，也說明台灣是中國的領土」等事實。接著，他分析介紹了在美蘇冷戰體制下，美國霸權主義是如何通過操弄「一九五〇年到一九七〇年代的台灣『主權』問題，以獲取本身的最高戰略利益。而一九七二年台灣被逐出聯合國及一九七九年美國撤銷對台外交承認後，「台灣就成了國際社會中沒有『主權國家』身分證的人」。因此，他認爲「一九五〇年至今日的美台關係是美國當主子，台灣當奴才的歷史」，呼籲台灣人民「不當奴才，起來做自己的主人！」

陳映眞先生是在苗栗縣竹南鎭出生的，因此，苗栗縣也可算是他的故鄉了。那麼，今天這場講演就不僅僅是「台灣民主學校苗栗分校」的「開學第一講」而已；印象中，它更是陳先生在故鄉的第一次公開演講。就我所知，陳先生無論是在台北市或各大學院校的演講，通常都是座無虛席的。然而，在故鄉苗栗，今天卻只有寥寥不到五十個民眾前來聽講而已；雖然我們已經力所能及地通過媒體發消息、夜市發傳單以及宣傳車廣播等方式廣而告知了。

因爲這樣，我們都對遠道而來、抱病演講的陳先生，感到非常抱歉！同時也對苗栗民眾的冷漠再次感到無奈與失望。

陳映真先生出生於苗栗縣竹南鎮

現實讓我不得不懷疑：難道苗栗的鄉親果真那麼封閉、保守嗎？難道除了「炒米粉」之外，就沒有別的方式吸引他們參與政見發表的活動嗎？有這樣的選民，又怎能期望他們能夠眞正「當家做主人」呢？

希望在哪裡？

到了晚上，在「反軍購：愛與和平」音樂晚會上，聽到一些工人運動者唱起了英特那雄耐爾之歌（〈國際歌〉）——「不要說我們一無所有，我們要做天下的主人。」

我想，希望就在這裡吧！

【民眾的聲音】

寄件者：李先生

主　旨：堅持下去

您好！九年前，我曾經支持過一位朱小姐競選苗栗縣立委，現在看到藍先生您肯出來爲我們的下一代而戰——即使明知道這是一場苦戰，您仍然勇敢投入。

我只是一位普通讀者，只能寫這封信支持您。

您寫的每一本書我都讀過……正如同陳映眞先生的作品一樣，讓我看到台灣的一點光明與進步。

堅持下去！

十一月一日◉言行不一

上午十點，應頭屋鄉民主先烈紀念公園創建人胡海基先生之邀，在五〇年代白色恐怖時期政治受難人巫紹熹老先生陪同下，參加了胡海基先生私人舉辦的「白色恐怖民主英烈公園秋祭典禮」。

胡海基先生本身親歷了五〇年代白色恐怖的歷史，雖然沒有到火燒島坐牢，卻也經歷了長達幾年的逃亡生涯。因爲沒有到火燒島大學深造之故吧，他的政治立場和絕大部分的五〇年代政治犯有所不同，是支持李登輝的「李友會」成員。然而，爲了紀念昔日犧牲的同學和朋友，篤信佛教的他還是將自己的私人土地闢建了這座紀念公園。這在台灣應該也是創舉吧！

在肅穆莊嚴的佛教音樂聲中，我和巫紹熹老先生一起向「白色恐怖殉難英烈慰靈碑」獻花致敬。然後，我又應胡海基先生之請，以一個長期研究、採寫五〇年代白色恐怖歷史的作家身分，針對五〇年代白色恐怖時期苗栗地區的受害情況，作了簡要的報告。

根據我長期以來對白色恐怖歷史的調查研究，五〇年代白色恐怖時期苗栗客籍犧牲者人數比例頗高。從一九五〇年到一九五四年的「五〇年代白色恐怖」期間，苗栗地區的「涉共」案件至少包括：鐵路組織案、竹南區委會案、苗栗油廠案、銅鑼支部案、苗栗治安維持會案、台盟竹南支部案等幾個大案。據非正式估計，全台灣此一時期的赤色政治犯中，至少有三分之一是台灣客籍人士，其中苗栗地區的受難者又佔絕大多數。

最後，我逐一唸出我所知道的苗栗地區白色恐怖犧牲者名單，同時強調：這些白色恐怖民主英烈們當年所追求的理想是結束內戰、社會公平；他們的精神就像佛教普渡眾生的教義一樣，是爲了建設人人平等的大同世界而犧牲的。我們今天在這裡紀念先烈，除了要繼承他們反對不公不義的抗爭精神，同時更應記取歷史教訓，防止民族內部仇視、對立的歷史悲劇再度發生。

祭典結束後，一個原本是國民黨新近轉入民進黨的立委候選人匆忙趕來，抓起麥克風，張口就講二二八如何如何。我仔細聽了一會，對歷史並不了解的他，講來講去還是民進黨那套扭曲史實的論調。

與此同時，一名年約六十幾歲、個頭不大的與會男士向我走來。

「藍先生，我是頭份人；」他首先用客家話自我介紹，然後說：「我看過你寫的幾本書，我認爲，你也是愛台灣的本土作家。」

我向他說：「謝謝！」

「可是，」他突然激動起來，伸出雙手，抓住我的衣領，厲聲質問道：「你爲什麼要反軍購呢？」

「你把手放下來！」我語氣嚴肅地告訴他：「你想聽的話，我可以詳細告訴你，爲什麼我要反對六一〇八億的特別預算軍購案。」

他大概是看我長得比他高大，態度又堅決，遲疑了一下，然後把手緩緩地縮回去；可他不聽我解釋，轉身向公園的另一頭走去。

「本土作家還反軍購，」我聽到他邊走邊碎碎唸道：「言行不一！」

【民眾的聲音】

寄件者：一個愛台灣的選民

主　旨：反對的與認同的

個人深感，國民黨政府時期知識分子遭迫害的歷史，是過去政府的問題，如果您的文宣拿來做競選訴求，我個人不會支持您的。

反軍購的理念我很認同。

再給您一個建議：「反教改」。

目前的教改，改得學生及家長心慌慌，不知道學習的目標及意義。現在，執政黨利用教改來改變政治思考、改編歷史，作爲民進黨人士搶奪學術霸權的利器。希望您有機會當選時，能在國會督促政府改革。

以上是個人的淺見，希望您能思考。

十一月四日◉行動書房

下午兩點，在競選總部召開記者會，公開亮相名爲「藍博洲的行動書房」的文化宣傳車。所謂「行動書房」，其實是由一部兩噸半的貨卡車改裝的多功能文化宣傳車。台灣地區幾乎年年都有大大小小的所謂「民主選舉」。每到競選期間，穿梭在大街小巷的宣傳車的喇叭放送聲，總是從早到晚地吵鬧不休。

按規定，「候選人爲競選活動使用宣傳車輛，由區域選出者，每人不得超過十輛」；可實際上，苗栗選區其他幾位財大勢粗的候選人，卻沒有一個不是僱用了十幾、二十幾輛宣傳車，整日在十八鄉鎮遊走放送！

在朋友的經費贊助下，我們終於也有了兩輛宣傳車。對競選宣傳車製造的喧鬧，跟一般民眾一樣，我和所有工作夥伴歷來都深惡痛絕；可今天我們既然投入世俗的選戰，在宣傳造勢不可免的選戰規律下，我們顯然也無法避免成爲共犯之一，不得不製造這種「必要之惡」了。儘管如此，將心比心，我們還是努力想著如何將這種「必要之惡」所製造的吵鬧，轉化爲具有教育意義的宣傳內容。

根據地方記者的調查，苗栗縣的文化資源貧瘠，絕大多數的鄉鎮不但連一家書局都沒有，鄉鎮和各國中小學的圖書館也因爲沒有經費補助，已經有多年沒有補充新出版的圖書了。基於這樣的客觀環境，再加上我本人是以作家身分參選的主觀條件，於是就有了將宣傳車改裝成行動書房的創意。

爲了充實行動書房的內容，我把個人多年來從事台灣民眾史調查研究的十幾本著作，從書房搬到宣傳車上；這部裝有三個書架的行動書房，還將陸續排滿多位作家捐獻的著作。它也裝設了一台電視，輪流播放《世界近代戰爭風雲錄紀實》、我過去在電視台製作的白色恐怖系列影片——《我們爲什麼不歌唱》和《台灣思想起》，以及有關我個人的專訪影片等紀錄影像。此外，它還包括幾位世界級攝影家拍攝的反戰照片所製作的活動看板。

今後，這部行動書房將陪著我們走遍苗栗縣的十八鄉鎮，展開反軍購連署的活動，宣傳「反戰救孩子」的競選理念。爲此，我們還準備了簡單的塑膠椅子和茶水，提供鄉親們坐在行動書房旁看書、看電影，聽我們街頭演講，或者跟我們面對面共同討論時事。

我想，通過這部宣傳車改裝的行動書房，我和其他工作夥伴們也將成爲一個文化宣傳隊伍，以一天巡迴一個鄉鎮、定點停駐的行動，把進步的思想文化的種子，傳遞到觀念相對封閉保守的十八鄉鎮。

最後，我們也擬了一套相應於行動書房的宣傳廣告詞，作爲呼應：

反戰，救孩子！反戰，救孩子！

作家藍博洲，走出書房，走向群眾，走進立法院……

我相信，不久以後，這幾句宣傳廣告詞一定能夠讓大街小巷的民眾耳熟能詳，琅琅上口。

讓一個作家進立法院，
爲受苦的人說話
藍博洲
5

是的，受苦的人要有人幫她說話。

【民眾的聲音】

寄件者：爲了孩子的母親

主　旨：拜託您了

我也有個女兒。當您爲救孩子出來競選時，我覺得社會還有一絲希望，讓我養女兒養得有信心一點。

拜託您了！

是我給您拜託。加油！

十一月五日◉公眾人物

午後，十二點卅五分左右，電子信箱收到素昧平生的朋友賴君發來的前後兩封信。從信的內容來看，應該是昨天晚上在卓蘭夜市簽署反軍購的支持者。記得，就在收攤前，他又再次走到行動書房前，說是要買我的書；因爲車子擋路，不宜久留，他於是說將擇日到競選總部來。

第一封信，賴君是這樣寫的：

藍博洲先生：您好！

昨夜相逢於卓蘭鎮，曾告知你：有意購買你的書。檢視你曾經發表的作品後，是有衝動想要全數購買，但是，卻不知道總價將是多少，是否在我目前能力可以負擔的金額。因此，請你回信告知：你所可以提供的書目，以及金額。我會在收到你的回信後，儘快告訴你：我所能夠購買的數量與前往你服務處取書的時間。

謝謝！

賴君的第二封來信接著寫道：

昨夜，與你意外的緣分，讓我一夜都在思索著，如何寫這封信給你。是應該單純地告訴你，我想買你的書，不只是因爲我曾經讀過你的《幌馬車之歌》和《沉屍、流亡、二二八》兩本書，所以我希望買你所有的書；更重要的是，我希望我買書的行動對你的選舉能有「杯水車薪」——棉薄的幫助。

還是，應該告訴你，誠實地告訴你：我不在你的選區，我的妻子也不在你的選區，雖然我對你近日於電視台所發表的言論與你競選的訴求是支持的，我的妻子也是不反對的；但是，我們對你選舉拉票的效益卻「雖有心，實無力」！

或者是，我們的短暫交談，雖然是緣於你的參選立委，但是，昨晚讓我眞正走向你的原因卻不只是因爲選舉的活動，而是因爲你，因爲我看見藍博洲在我眼前不遠處，所以我走向你；因爲我也不贊成這次的軍購活動，所以我簽下我的名字；因爲我知道你曾經爲「二二八事件」做過報導與探討，也爲客家人在台灣的歷史寫下你的注解，所以，我想要買你的書，再看看你對發生在台灣這塊土地上的事，有如何的關懷。

終究是，有這樣一個機緣，我們短暫地談話，是否是你我認識的開始？

認識你，是在你出版《幌馬車之歌》與《沉屍、流亡、二二八》之後，時值我在台北讀碩士班的那兩年。

老實說，我沒有讀完那兩本書。雖然我曾經在書店、圖書館，甚至後來自己購買，我還是沒有完全讀完。這一點，我不想對你「膨風」。

會注意到你的作品，是因爲我的興趣；但也因爲只是興趣，我一直沒有完整的時間來仔細地品味我的興趣。

「……以爲，往後的人生也將這樣在純樸清靜的故鄉，繼續寫作吧！雖然日子過得淡泊，卻也是難得的幸福。」

在你的文宣中讀到這段話。那樣的心情，其實也是我對自己的期待：有朝一日，可以不因爲什麼而好好地「享受」自己的興趣。

我是讀理工科的，目前從事的是有關生物學的研究。……雖然，身在科學領域，是因爲我對生物學、科學有濃厚的興趣，但是，對於文、史、哲、藝術與音樂也有濃厚且強烈的興趣。所以，我與我的朋友間所談論的話題與分享的感受，其實是與所謂的「我的專業」無關，而我也樂意分享所謂「我的非專業」但卻眞心的想法。

寫這封信給你，是我第一次寫一封信給我初次見面、未及深談的公眾人物，是想與你認識，卻不是要認識「公眾人物」；是想與你做朋友，卻不是要「公眾人物」做我的朋友。

讀完賴君的電子信後，頗受感動；卻也爲自己成了所謂「公眾人物」而感慨萬千！因爲行程緊湊，無暇詳細回信，於是就先簡要地回信說：「人，最大的悲哀就是成爲『公眾人物』；很高興認識您這個朋友，希望日後能保持聯絡。」

我是眞心這樣想的；因爲我從來也沒想過要當什麼撈什子的「公眾人物」。

十一月七日◉三明治人

一九八二年，侯孝賢導演執導了一部由黃春明的小說改編的電影——《兒子的大玩偶》，英文片名 *The Sandwichman*。今天，他卻爲了幫我助選，不惜犧牲「色相」，打扮成 **Sandwich man**，遠從台北下到苗栗。

早上九點，我和振國搭台北友人蕭君的車北上，十點半，抵達台北火車站地下停車場，隨即在西三門角落的咖啡店，和侯導碰頭。我們一邊喝咖啡閒聊，一邊等待其他前來支援的朋友。侯導說，看了《中國時報》公布的最新民調，從零起步的我，支持度已經有一個百分點了；就像報導所

侯孝賢導演裝扮成三明治人小丑造型

說「若能把握最後衝刺機會，仍有後來居上的可能」。不久，朱天心、唐諾、林俊穎和駱以軍，以及夏潮聯合會的朋友也來到現場。

十一點半，侯導換上太太親自縫製的小丑服，掛上紅鼻子，親自扮演他的電影《兒子的大玩偶》中的「三明治人」小丑造型，並在胸前和後背掛著寫有「請支持藍博洲」的看板，以台灣民主學校校長的身分在台北車站西三門外召開記者會，號召苗栗鄉親，尤其是苗栗青年，共同返鄉支持民主學校推薦的立委候選人藍博洲。

除了採訪新聞的媒體記者之外，現場圍了一些民眾聆聽，在車站進進出出的旅客也好奇地駐足觀看；他們大概從來沒有看過像這樣的競選活動吧！當記者會結束後，一個從頭到尾都在現場的年輕小姐，拿了一份剛剛發給她的我的競選文宣，面帶羞怯的表情，走向侯導，請他簽名；然後就哽咽著急急離開。看著這幕情景，我心裡在想，她是因爲能夠讓崇拜的國際大導演簽名而激動呢，還是因爲看到像侯導這樣的社會知名人士也不得不投入已經污濁不堪的政治活動並且作出這樣的犧牲而感到心酸？

接著，我和振國陪侯導搭乘火車南下。車到竹南，一個穿著簡便西服的中年男子在我旁邊的座位坐下。也許是認出侯導，剛坐定位，他就主動跟我聊了起來；當他知道侯導下鄉的目的之後，隨即表示：他在台南某大學教書，非常認同侯導與民主學校的政治理念。他向我要了一些競選文宣，說：「雖然我的戶籍不在苗栗選區，可我的家人都在竹南，我可以幫你多拉幾張票……。」

下午兩點，車抵苗栗。在車站月台上，侯導再次換上小丑服，掛上紅鼻子，掛上胸前和後背寫有「請支持藍博洲」的看板，裝扮成電影《兒子的大玩偶》中的三明治人小丑造型，陪我走出車站。此時，出口處早已擠滿了拿著照相機或攝影機的地方媒體記者；我們一邊往前走，他們也一邊跟著獵取鏡頭。

走到停放在車站廣場前的行動書房，侯導便拿起麥克風，面對圍觀的記者與民眾，進行了一場街頭講演。

侯導表示，三明治人的構想是來自於他自己早期拍的電影《兒子的大玩偶》主角的造型，這部電影所要表現的是社會底層人民面對生活困境時不屈的韌性；今天，他之所以親自裝扮為三明治人，下來苗栗幫藍博洲助選，就是要凸顯藍博洲是一個不畏財團派系林立的政治惡勢力，敢於和所有基層民眾站在一起，用自己的腳走出政治新道路的候選人。他說，藍博洲身為作家而投入這次的立委選舉，不但不改文化人應有的風骨，不喧鬧、不張揚，反而把宣傳車改裝為行動書房，帶著一卡車的好書、好電影，巡迴文化資源比較欠缺的苗栗縣十八鄉鎮，像這樣有教育意義的競選活動才是台灣社會的希望。他強調，因為他本身也是客家人，他知道客家人歷來有著重視知識文化的傳統，所以他相信客籍作家藍博洲這樣的競選做法一定會得到鄉親們的認同。最後，他呼籲苗栗鄉親：為了重建被背叛的民主，一定要支持台灣民主學校推薦的立委候選人藍博洲，讓台灣政壇多一股像這樣的清流……。

參選前，我答應了本地聯合大學客家研究中心，給他們舉辦的客家文化研習活動上課，所以車站廣場前的記者會結束後，我隨即開車趕到西湖鄉，帶領參加研習的學員，實地考察前行代作家吳濁流在西湖十五年所走過的腳蹤。

五點左右，天要暗下來的時候，回到市區的競選總部。侯導又再次穿上小丑服，裝扮成三明治人，陪同我和其他夥伴，一群人，手搖波浪鼓，浩浩蕩蕩地走向附近的黃昏市場，一一向買菜的民眾致意。侯導和我，然後又在市場對面的馬路上，先後作了一場街頭演講。

回到總部，簡單吃了一個便當，侯導又陪我站上宣傳車，前往光復路鬧區；然後下車徒步，沿街向民眾致意。一路上，許多民眾看到國際知名的大導演現身苗栗街頭，既驚訝又興奮；同時也因爲侯導這樣平易近人的作風，紛紛趨前握手致意。掃街活動在南苗三角公園結束。我們請利用假日下來助選的台北友人，開車載侯導回台北。

我和其他工作夥伴繼續留在公園，進行《兒子的大玩偶》的電影欣賞及政見發表會的活動。我看到母親也坐在聽講的人群當中，於是就設定她作爲講話對象，從電影的劇情切入，談到失業工人的悲哀，再指出台灣社會貧富差距愈來愈大的趨勢與原因，進而批判選舉是有錢有權者掛勾的分贓遊戲，最後呼籲像母親這樣的老人家：不要被人家的五百、一千塊就把自己的尊嚴買走……。

《兒子的大玩偶》海報

活動結束時，冷風開始吹起；我和競選團隊的工作夥伴一起收拾場地。一天忙下來，所有人都累了；可想到身爲國際知名大導演的侯導也跟著我們忙了一天的俠義作風，在略有寒意的夜裡，大家卻感到一股前所未有的溫暖。

【民眾的聲音】

寄件者：寫字的人

主　旨：挺身而出

謝謝你從不曾遺忘無錢無勢的我們，謝謝你一直以來深耕文化內涵的努力，謝謝你在亂世之中毫不退縮，謝謝你在關鍵的年代挺身而出。

我們謝謝你，我們支持你，我們要投票給你。

十一月八日◉民意

昨晚，近午夜時分，工作檢討會議還在進行中，突然接到民主行動聯盟秘書長林深靖的來電；他表示：十日起，立法院將因選舉停會一個月，所謂「重大軍事採購條例」草案將在九日的程序委員會第十度闖關。爲了反對立法院將一度擱置的「六一〇八億特別預算軍購案」再度付委，今天下午一點起，反六一〇八億軍購大聯盟及民主行動聯盟數十位教授，將再度前往立法院，以靜坐絕食二十四小時的方式對朝野立委施壓，阻止軍購條例付委。他希望我們也能夠北上聲援。

經過討論之後，工作團隊決定排除我原定的所有行程，接受反軍購大聯盟的邀請，趕赴台北立法院，聲援教授們反軍購的行動。

下午一點前，我和振國及哲元趕抵立法院中山南路門口。現場已經坐了二十幾名來自各大學的教授。陽光有點烈，許多人頭上都頂著斗笠遮陽。我在前排找了個空位坐下來。振國和哲元隨即把我們連日來在苗栗各鄉鎮的夜市、車站、學校門口展開「反對六一〇八億軍購案」連署活動所蒐集的一千多位簽名者、長達十公尺的名單攤開；壯觀的場面立即吸引了媒體記者的攝影機。

一點整，台大心理系教授黃光國，首先以「反六一〇八億軍購大聯盟」代理召集人的身分站出來發言。針對部分在野黨立法委員對軍購案的立場有所動搖的情況，他表示：如果這些在野黨立委無視廣大民意，同意軍購案付委，這次選舉必遭選民唾棄。主辦單位然後按照在場教授們的社會知名度，一一邀請他們講話。

陽光依然照耀著。在場的媒體記者們愈來愈少了。

我也以「台灣民主學校推薦苗栗縣立法委員候選人」的身分應邀講話。我在簡短的發言中強調：立法院是台灣地區最高民意機關，它的所有立法就應該尊重眞正的民意。我今天帶來了一千多名苗栗縣民反軍購的連署簽名，每一個簽名都代表著一位苗栗人的聲音，這就是來自地方的最眞實的民意！希望朝野立委能夠眞正重視民意，不要一意孤行，強行通過軍購案付委。最後，我呼籲：不管現任立委或立委參選人，如果眞心反軍購，就要付諸實際行動，共同在各地推動反軍購連署活動，用更多的民意展現來支持反軍購運動。

坐回原位後，身旁幾位教授向我表達了高度肯定的致意。有人說，這次立委選舉，你是我所看到的極少數眞正旗幟鮮明地以「反軍購」作爲競選主要訴求的參選人之一。也有人說，你是今天唯一到場聲援的立法委員候選人。他們並且異口同聲表示：「因爲你是眞正以實際行動反軍購的立委候選人，如果你們有需要的話，非常願意到苗栗站台助選……。」

我想，在所謂的「民主社會」裡，一個從政的人一定要時時謹記：反映眞正代表絕大多數人民利益的民意。如果每個支持反軍購的立委候選人都像我們一樣，在各自的選區進行反軍購連署的活動，具體反映廣大群眾的民意，這樣才能眞正有力地反對禍延子孫的「六一〇八億特別預算軍購案」吧！

【民眾的聲音】
寄件者：國樑
主　旨：我們不再沉默了
　我們拒絕台灣再做美國利益鬥爭的棋子。
　我們反對無知而一昧挑動戰爭的不負責任政府。
　國共內戰造成數十萬人離異的慘劇我們受夠了！
　我們拒絕爲少數人自以爲是的意識型態付出代價！
　我們拒絕妻離子散、家破人亡。
　我們反對只要戰爭、不要褲子的惡質政黨。
　我們反軍購——因爲窮兵黷武將爲台灣帶來無窮無盡的災難。
　我們唾棄好鬥分子與好鬥的政權。
　我們反對口口聲聲愛台灣，卻嚴重撕裂台灣民族情感的政黨。
　我們不忍台灣斷送在一群權力薰心的人手中，
　我們要站出來發出我們的聲音。
　希望眞正愛台灣的民眾跟我們一起站出來，
　把票投出來，
　支持眞正愛台灣的在地苗栗人——藍博洲。

十一月九日◉山村印象

午後四點左右，跟隨行動書房從台六線公路轉進台三線公路，駛進偏遠的獅潭鄉境內。沿途風景秀麗。

記得，吳濁流的回憶錄《無花果》提到，獅潭鄉和西湖鄉都是當時苗栗交通最不便的地方，因此也都是貶謫的主要地方。

滄海桑田。幾十年過去以後，雖然交通情況有所改變，可受到地理環境的制約，它的落後顯然沒有什麼改變。

在山坳間彎彎曲曲蜿蜒著的公路，寂靜地沐浴在偏西而發黃的陽光下，除了偶爾呼嘯駛過的汽車之外，路上看不到任何行人走動。這裡甚至連其他鄉村四處掛滿的其他候選人的宣傳布條都看不到。難道他們用錢就可以把這裡的票買走嗎？我心裡懷疑地想著。看著窗外流動著的山林景色，又想，除了山和樹，在這裡，我能向什麼對象進行我的競選活動呢？

行動書房文化宣傳車終於開進了仙山腳下獅潭鄉僅有的一條主要街道。我和工作人員下車，分成兩邊，挨家挨戶的分發文宣。天色隨著我們前進的腳步逐漸暗了下來。街上偶爾走過從外地回家的公務員和學生，還有幾個從田裡忙完就要回家吃晚飯的農婦；然後就是隨著瀰漫山村的薄薄的夜霧而亮起來的昏黃路燈。

說是主要的街道，卻也沒有什麼人氣；我們一家一家地發著文宣，可三兩家就有一家不

為了救孩子，雖然辛苦也樂在其中。

是沒人在家，就是大門深鎖。

行動書房一邊放送宣傳口號，一邊繞了三圈之後，就在客運招呼站旁的空地停了下來。幫我們開行動書房宣傳車的彭先生走下車來，架起喇叭，打開車子兩邊的遮板，亮起書架上的日光燈，然後播放紀錄片《獨裁者希特勒》。

人群於是隨著山坳間行動書房亮起的燈光逐步聚集起來了。

我看到一對年輕夫婦推著娃娃車，車上放著一個襁褓中的嬰兒，走到行動書房的書架前面，然後便仔細地看著書架上陳列的我所寫的著作，一本翻了又翻另一本，似乎在找什麼。原先站在一旁的我於是過去和他們閒聊，這才知道，原來他們夫妻倆都是讀過我所寫的《幌馬車之歌》的讀者。我沒有想到，在這個像是被人遺忘的山村，竟然還能遇到自己的讀者！我感到既意外又欣慰。當下，我覺得漆黑寂靜的山村之夜多了一絲光亮與溫暖。他們又說，一直希望能夠多看一些我其他的作品，可當地沒有書店，就不知從何找起了……。聽他們這樣說，十分感慨，心想，城鄉之間文化資源的分配實在太不公平了！

我給他們作了介紹，他們便又專注地看書；最後，買了好幾本我的著作，夫妻倆又推著娃娃車，看起來很滿足地走回家去……。

從黃昏到入夜，山村的印象，已經銘刻在心了。

【民眾的聲音】

寄件者：沈先生（高雄）

主　旨：政治也可以不太政治

博洲先生：眞意外你還寄來一堆書，不過我很喜歡。政治也可以不太政治，也可以很溫馨，這點我是相信的。

台灣這些年來很讓人灰心，又不知道該怎麼辦？你們肯出來做些不一樣的事，值得給些掌聲的。

如再有需要協助，只要我做得到，請來聯絡。

祝　成功！

十一月十日◉台灣地位

所有的媒體都像著魔般地又再爭論著關於「台灣地位」的問題。

據報載，新高中歷史暫行綱要草案將〈開羅宣言〉定位為「新聞公報」，並將「台灣地位未定論」的〈舊金山和約〉及〈中日和約〉納入，引發了各界對台灣主權歸屬的爭議。

午餐後，看到各家電視媒體上一再地重複播放著關於爭議的各種說法；眾說紛紜，莫衷一是。於是決定犧牲午睡的時間，寫一篇關於「台灣地位未定論」的幾點聲明，發給地方媒體。

首先，要認清的是：「國家是武力造成的」，就是歷史的現實。因此，從這樣的歷史現實來看，關於「台灣地位」，就有幾個不同的歷史發展階段：

一、一八九五年日本帝國以馬關不平等條約強佔台灣以前，台灣即屬於中國，並無所謂「未定」的問題。

二、一八九五年以後，台灣屬於日本，是由「甲午戰爭」和〈馬關條約〉「定」下來的。

三、第二次世界大戰，根據〈開羅宣言〉、〈波茨坦宣言〉，國際社會把台灣地位又「定」回中國。

四、一九五〇年，韓戰爆發，美國第七艦隊進駛台灣海峽，兩岸分斷。在這樣的國際冷戰體制下，於是才有美國主導下的一九五一年〈舊金山和約〉和一九五二年〈中日和約〉，把已「定」的台灣地位又「未定」化。

五、上個世紀七〇年代，隨著美國改採「聯中制蘇」的戰略，一九七二年，周恩來、尼克森的〈上海公報〉，以及「中（共）日建交」後重訂的〈中（共）日和約〉，以及一九七九年的「中（共）美建交」，再度將「未定」的台灣地位又「定」了下來。

也就是說，不管我們同意不同意，歷史發展到這裡，美國本身又將根據〈舊金山和約〉和〈中日和約〉炮製的「台灣地位未定論」否定掉了。

從這樣的歷史發展過程來看，「台灣問題」從來就是國際冷戰和國共內戰構造下的歷史產物。

我個人認爲，此時此地，教育當局僅以〈舊金山和約〉及〈中日和約〉來解釋台灣地位，其實是執政黨刻意塑造「台灣地位未定論」的「陰謀」；它不但在國際上行不通，更將逼使嚴峻的兩岸形勢逼近內戰的臨界點，爲台灣人民帶來萬劫不復的厄運。

這也是我爲什麼要以「反戰，救孩子」作爲選戰主要訴求的原因。

因此，我在聲明的最後呼籲教育領導當局：

秉持歷史主義的態度，尊重歷史事實，正視「台灣地位未定論」是強權操弄的歷史產物的事實，以結束內戰、兩岸和平作爲歷史教育的目的。救救孩子！

新聞稿發出去後，行動書房的宣傳喇叭又準時響了起來；雖然想睡，還是背起書包，按計畫前往造橋鄉，進行挨家挨戶拜訪選民、發送文宣的活動。

【民眾的聲音】

寄件者：Joyce

主　旨：祝高票當選

您好，我是暑假參加報導文學營的學員。知道您要代表民主學校參選立委，感到十分高興，台灣終於能有不同的聲音，能有一種眞正的希望了。

另，也許是各地方的選舉方式不同，我覺得您在各大媒體的曝光率好像不是很高（我印象中好像只有參加過《火線雙嬌》）……這會不會對選情有影響？（我沒有惡意，純粹只是個人的感覺。）

預祝您高票當選！

十一月十二日◉藝文界的義助

今天，台灣文學界和藝術界的朋友在台北市中山北路台北之家，舉辦「護送文化立委藍博洲進立法院」的義賣活動。

中午過後，趕到台北之家二樓義賣會現場。侯孝賢導演、朱天心和唐諾夫婦，已經在忙著布置、陳列眾多藝文界前輩們捐贈的各項文物珍藏了。它們包括：侯導捐贈的日本京都建城一千兩百年的限量紀念人形，胡蘭成（朱天文捐贈）、洛夫、蔣勳、張大春的字畫，陳映眞簽名的小說全集，畫家薛幼春、李永裕的油畫創作，詩人陳克華的西藏攝影作品，藏書家吳興文收藏的多本絕版書，青年小說家駱以軍家傳的紅木大薰箱，歌手林強珍藏的古瓷，台大城鄉所夏鑄九教授窖存的中國酩酒與打油詩一首，王小棣導演的電影電視作品DVD等等。

下午兩點，義賣活動在電視政論節目《火線雙嬌》主持人尹乃菁主持下熱烈展開。

侯導首先以台灣民主學校校長的身分致詞說：「過去很多立委自稱文化人，但對台灣文化貢獻卻有限，藍博洲長期爲台灣文化耕耘，這次他勇於投入立委選舉，並且有別於一般的拜票活動，以行動書房的另類方式競選，把選戰當成文化深耕運動來打；他不管有沒有當選，都要讓文化的種子傳播出去。因爲這樣，文藝界的朋友對藍博洲轉戰政治大感訝異之餘，也紛紛挺身相助……。」

多年不見的伊能靜也意外地現身會場，以二萬元買下蔣勳老師抄寫的〈心經〉字畫。她

開到台北中山北路的行動書房

說：「和藍博洲是拍攝電影《好男好女》時認識的好朋友，聽到藍博洲要投入政治，可說是感歎大於祝福，但也義無反顧支持藍博洲要讓台灣更好的努力……。」

拍賣進行之中，本身也在台北縣參選的雷倩悄然來到現場，並以實際的行動表示支持。

其他到場支持的還有台灣地區政治受難人互助會、夏潮聯合會，以及許多識與不識的文藝界朋友。結果，短短兩小時不到的義賣活動，一共募得大約七十幾萬的競選經費。

面對台灣藝文界朋友的熱情贊助，我感動得有點不知如何是好！原先，競選團隊的構想只是希望台北文藝界的朋友幫忙辦一場「捐書運動」；這樣，一方面讓我們充實行動書房的內容，一方面也可在新聞報導上起到宣傳造勢的作用。怎知，在侯導、朱天心、唐諾和楊渡（現任文化總會秘書長）等文友的熱心奔波下，竟然變成一場從來沒有料想過的義賣活動。

在回苗栗的高速公路上，望著車窗外急速流

逝的夜景，惶恐的心情怎樣也無法平靜！從來不跟人家開口要東西的我，因爲突然「欠」下那麼多人情而感到不安！想著想著，一直到後來，我想到，這些經費也不是爲我個人而捐贈的，它是藝文界的朋友爲了讓台灣社會更好的心意。那麼，只有競選團隊的所有成員善用每一分來自社會的資源，盡全力去打好一場有格調的選戰，這樣才不會辜負社會各界對我們的支持。

想到這裡，心情也平靜下來了。

【民眾的聲音】

寄件者：施善繼（詩人）

主　旨：不僅是藍博洲的老友而已

原則上，我希望台灣不要失去一位好作家。而台灣如果增加一位好立委又怎樣?!

本來想沉默的，本來想出走的；但我知道：對政治沉默，就是對政客的縱容，對民主的踐踏，更是自殺於未來。這個道理走到哪都是一樣的，所以我支持藍博洲和民主學校的主張，不僅是藍博洲的老友而已。

十一月十三日◉在街頭演講的老教授

雖然先前以民主學校苗栗分校的名義舉辦的文化開講，效果並不理想。但是，針對社會上爭議的熱門話題，競選團隊還是不願放棄給苗栗鄉親提供另一種思考的機會，於是就決定改以「苗栗公民論壇」的形式，進行具有文化內涵的競選活動。

因爲這樣，我們特別邀請了國立師範大學前文學院院長、退休後任教文化大學歷史研究所的王仲孚教授，以及台灣大學哲學系教授王曉波，南下苗栗，與鄉親們共同討論近日來引起各界爭議的〈高中歷史教學綱要〉修訂的問題。

下午兩點，「論壇」在苗栗縣文化局一樓會議室準時舉行。

讓人失望的是，儘管我們已經盡其所能地作了大量宣傳，到會的民眾還是不多。稍感欣慰的是，地方記者，包括報紙和電視台，來了不少；這樣，在宣傳上總是起到一定的作用。

論壇的主題是「台灣地位未定嗎？——〈高中歷史教學綱要〉修訂爭議之探討」。我以論壇主持的身分作了簡要的引言之後，王仲孚和王曉波兩位教授隨即相繼發言。

王仲孚教授首先開宗明義地說：歷史教科書不是普通的著作，它跟鈔票一樣代表國家的基本立場，所以不應該把內容還有爭議的歷史教科書交給高中老師和學生去面對。他進一步指出，沒有人反對教台灣史，問題是怎麼講；如果說台灣史是本國史，中國史是外國史，那是講不通的。這次的〈高中歷史教學綱要〉修訂，說穿了其實只是爲台獨建國建構歷史文化的理論基礎而已；因此它就出現了台灣史沒有清朝統治台灣的兩百二十一年卻有日據五十年的荒謬論述。他強調，事實上，台灣是中國的一部分，早在清朝就已經是確定的事實了，否則日本就不需要與當時的清廷政府簽訂〈馬關條約〉才能佔有台灣了。最後，王教授嚴厲地批評，執政當局披著學術外衣，企圖通過改變年輕人的歷史認同，轉化為政治的認同，這種做法實際上與日本殖民統治者當年的做法一樣，是一場新的皇民化運動。

接著，王曉波教授先從哲學的角度剖析「台灣地位未定論」的說法。他說，現實上確實有台灣地位未定的主張，但不存在台灣地位未定的事實；主張只是人們主觀的意願，台灣現在卻有很多人把主張當成事實，然後要別人認同他的事實，這是邏輯不通的。他進一步花了一點時間條列美國自十九世紀中以來便意圖佔領或控制台灣以牽制大陸的諸多歷史證據，說明一九五〇年美國杜魯門總統提出的「台灣地位未定論」，其實只是美國霸權覬覦台灣所製造的說法。然後他又針對台灣各界近日來爭論的所謂〈開羅宣言〉和〈舊金山條約〉效力的問題指出：今天說〈開羅宣言〉無效是荒謬的，如果〈開羅宣言〉無效，那之後的〈波茨坦宣言〉也無效，日本投降更無效了！相反的，一九五二年的〈舊金山條約〉，不論台灣的中華民國政府或大陸當局都沒有參與討論，當年政府不承認、沒簽字的條約，怎麼今天的中華民國歷史教科書反而承認了，那是非常荒謬的。最後，王教授強調，二戰後台灣歸還中國，這是上帝也改變不了的事實。同時也公開呼籲專攻中國古代史的教育部長杜正勝，不要昧著學術良心，一意孤行，捏造、割裂歷史，成為歷史的罪人。

當然，兩位教授也不忘幫我向鄉親們拉票；他們異口同聲表示，只有教授們在學術領域奮鬥，像藍博洲這樣堅決主張反台獨的文化工作者順利進入立法院，才能一起扭轉是非不明

王曉波（左）與王仲孚教授批判台灣地位未定論

的政局，制衡扭曲史實的文化台獨蔓延。

自由討論之後，我作總結指出：選舉活動不應該只留下一堆無用的口號、旗幟和看板，而是要把真正的知識、文化藉著競選活動傳播下去。因此我們團隊會把像這樣高水準的論壇繼續辦下去。

整個論壇在四點半圓滿結束。

兩位教授又主動提出，他們難得下來苗栗，既然來了，希望能夠幫我們多做點事，再回台北。我說，那是我們不敢奢求的啊！這樣，回到總部，喝杯茶後，我們又載著兩位教授，跟隨行動書房，前往竹南辦公室。

天色漸漸暗了下來。隨便吃過便當，兩位教授陪我站上另一輛宣傳車，在行動書房前導下，分別在竹南鬧區、火車站圓環和夜市，各別作了三場街頭講演。就我所知，王曉波教授早在黨外運動時期就已經身經百戰，街頭講演（甚至用閩南話）

對他並沒有什麼難處；可王仲孚教授就不同了，長年以來都在書房作研究或是在教室講學的他，一定不曾有過站在宣傳車上，頂著凜冽寒風，面對來來往往的行人進行街頭講演的經驗吧！然而，穿著整齊西服、一派斯文的教授，還是毫不怯場，面容和藹地拿著麥克風，像上課一般，不疾不徐，循序漸進地講演著。

我站在一旁，看著這位在街頭講演的老教授，打從心裡湧起了敬佩之意。

【民眾的聲音】

寄件者：高中同學

主　旨：我們家絕對完全支持

這次你出馬競選立委，同學因職務關係須保持行政中立，無法爲你拉票，但我想至少我們家絕對完全支持，可能要選上的困難度蠻高，但身爲同學，一樣祝你高票當選。

十一月十五日◉心裡的話

上午十時半，在競選總部召開第二波競選文宣〈是的，藍博洲就是我先生！〉記者說明會。

主角是候選人的妻子。因爲這份文宣是由阿靈親自執筆的。

高中畢業後，喜歡文學的阿靈，毛遂自薦進入《人間》雜誌；因爲這樣，我們有緣相識。那是上個世紀八〇年代末期的事情。後來，我們相戀而共組家庭；我忙著四處採訪寫作，她認分地爲人妻子和母親，每天認眞地寫著生活日記，偶爾也寫些生活散文。因爲照顧家庭，養育兩個孩子，她的文學才華，一直沒有機會發展。

十月十四日，在台北《幌馬車之歌》新書發表會會場，曾經有過助選經驗的花蓮東華大學的年輕教授須文蔚向我建議：針對廣大的婦女選票，一定要作一份以妻子觀點書寫「我的先生」之類的文宣……。我接受了他的意見，同時也請阿靈親自執筆，於是就有了這樣一份記者們認爲「罕見的、不一樣的」選舉文宣。

阿靈執筆的文宣以她最近經常被人問到：「那個參選苗栗縣立法委員的藍博洲，是不是你先生？」開頭；然後娓娓憶述年輕時和我相識到共組家庭的甘苦，並且說明自己爲何從反對我參選到爲了孩子轉而支持的種種原因。

「我從小就是一個有抱負的女孩，」面對眾多記者，阿靈難掩羞怯的說道：「嫁給藍博洲十多年來，我因爲認同他的寫作理想，所以支持他長期對五〇年代白色恐怖調查寫作；雖然物質生活上備嘗酸苦，可我認爲自己是幸運且幸福的。因爲在這個讀書人紛紛奉承權貴、黑白不分、是非顛倒的時代裡，我們始終活得堂堂正正。」

最後，阿靈又說，「過去，藍博洲研究台灣歷史，是爲了讓後代子孫能夠認識完整的台灣近現代史；如今，藍博洲參選更是爲了孩子們的未來。身爲母親，爲了我自己的孩子，也爲了別人的孩子，我沒有理由不支持他『反戰，救孩子』的參選理念！因爲這樣，我要理直氣壯地回答：是的，藍博洲就是我先生！」

阿靈的報告結束以後，接著便是記者的提問。

某報的男記者首先質疑說：「你這篇文宣不會是藍先生操刀的吧？」

阿靈笑了笑，就要回答；可另一報社的女記者已經搶在前頭批了那個男記者一頓，說：「你問這個就太大男人主義了吧！難道我們女人除了煮飯、帶小孩，就不會寫文章了嗎？」那個男記者識趣地苦笑，沒有反駁。那個女記者接著問阿靈：「寫這篇文宣是不是很困難？」

「不難！」阿靈毫不猶豫地回答，「就只是把心裡的話，誠實地表達出來罷了。」

最後，文宣部的工作夥伴又播放我們一九八九年七月結婚時的錄影給在場記者分享；那是一場新郎沒有穿西裝，新娘既沒有華麗的婚紗禮服也沒有濃妝豔抹，有的只是賀客們飲酒高唱運動歌曲的樸素而熱鬧的婚禮。

在場的記者們顯然都對我們曾有過的這樣另類的婚禮感到十分驚訝！

「現在，」記者會結束後，一名記者笑著對我說道：「我終於知道，你們的競選活動爲什麼總是跟其他人不一樣了。」

【附錄】

是的，藍博洲就是我先生！

林靈

最近，到市場買菜的時候，不少經常碰面的家庭主婦總會問我：「那個參選苗栗縣立法委員的藍博洲，是不是你先生？」

面對這樣善意而充滿好奇的詢問，還不習慣這種身分轉變的我，一時之間，先是發愣，然後只能傻傻地笑著……。

我想起十七年前，他留著一頭亂髮、滿腮鬍鬚，穿著一條要破要破的短褲，夾著雙舊涼鞋，到台北家裡提親的情景；他走後，從小疼我的阿嬤以略帶哀傷的口氣問我：「阿靈，你眞的決定要跟這款的查甫整世人？」

那時候，我也同樣不知道該怎麼回答。

我爲什麼會說不出話來呢？

從老人家世俗的價値標準來看，他既無萬貫家財，更無權勢背景，絕對不是一個可以託付終生的理想對象。可年輕的我究竟怎麼會欣賞他這個人呢？

套用時下的流行語，我算是五年級中段班的台北都市人。認識他以前，我不但分不清水稻與青蔥的長相，更以爲西瓜跟蘋果一樣長在樹上；我對自然的認識只是「花」、「草」、「樹」、「蟲」四個字。可對於電影，以及電影明星的種種花絮軼聞，我卻瞭若指掌且倒背如流。

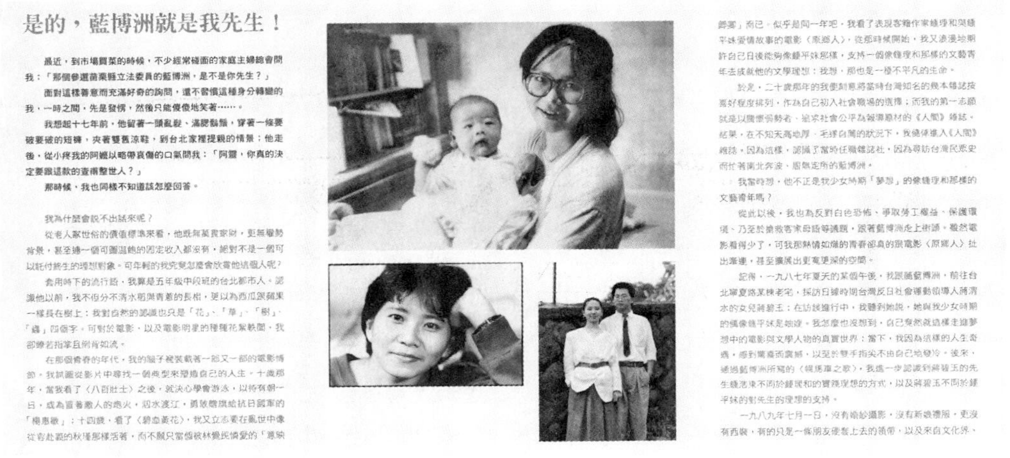

是的，藍博洲就是我先生！

最近，到市場買菜的時候，不少經常碰面的家庭主婦總會問我：「那個參選苗栗縣立法委員的藍博洲，是不是你先生？」

面對這樣善意而充滿好奇的詢問，還不習慣這種身分轉變的我，一時之間，先是發愣，然後只能傻傻地笑著……。

我想起十七年前，他留著一頭亂髮、滿腮鬍鬚，穿著一條要破要破的短褲，夾著雙舊涼鞋，到台北家裡提親的情景；他走後，從小疼我的阿嬤以略帶哀傷的口氣問我：「阿靈，你真的決定要跟這款的查甫整世人？」

那時候，我也同樣不知道該怎麼回答。

我為什麼會說不出話來呢？

從老人家世俗的價值標準來看，他既無萬貫家財，更無權勢背景，甚至連一個可餬口的固定收入都沒有，絕對不是一個可以託付終生的理想對象。可年輕的我究竟怎麼會欣賞他這個人呢？

套用時下的流行語，我算是五年級中段班的台北都市人。認識他以前，我不但分不清水稻與青蔥的長相，更以為西瓜跟蘋果一樣長在樹上；我對自然的認識也只是「花」、「草」、「樹」、「蟲」四個字。可對於電影，以及電影明星的種種花絮軼聞，我卻瞭若指掌且倒背如流。

在那個青春的年代，我的腦子裡裝載著一部又一部的電影情節。我試圖從影片中尋找一個典型來塑造自己的人生。十歲那年，當我看了〈八百壯士〉之後，就決心學會游泳，以待有朝一日，成為冒著敵人的炮火，泅水渡江，勇敢贈旗給抗日國軍的「楊惠敏」；十四歲，看了〈碧血黃花〉，我又立志要在亂世中像從容赴義的秋瑾那樣活著，而不願只當個被林覺民憐愛的「意映卿卿」而已。似乎是同一年吧，我看了表現客籍作家鍾理和與鍾平妹愛情故事的電影〈原鄉人〉，從那時候開始，我又浪漫地期許自己日後能夠像鍾平妹那樣，支持一個像鍾理和那樣的文藝青年去成就他的文學理想；我想，那也是一種不平凡的生命。

於是，二十歲那年的我便刻意將當時台灣知名的幾本雜誌按喜好程度排列，作為自己初入社會職場的選擇；而我的第一志願就是以關懷弱勢者、追求社會公平為報導題材的《人間》雜誌。結果，在不知天高地厚、毛遂自薦的狀況下，我僥倖進入《人間》雜誌。因為這樣，認識了當時任職雜誌社，因為尋訪台灣民眾史而忙著南北奔波、風塵走南的藍博洲。

我當時想，他不正是我少女時期「夢想」的像鍾理和那樣的文藝青年嗎？

從此以後，我也為反對白色恐怖、爭取勞工權益、保護環境、乃至於搶救客家母語等議題，跟著藍博洲走上街頭。雖然電影看得少了，可我那熱情如熾的青春卻與我的電影〈原鄉人〉扯出牽連，甚至擴展出更寬更深的空間。

記得，一九八七年夏天的某個午後，我跟隨藍博洲，前往台北寧夏路某棟老宅，採訪日據時期台灣反日社會運動領導人蔣渭水的女兒蔣碧玉；在訪談進行中，我聽到她說，她與我少女時期的偶像鍾平妹是妯娌。我怎麼也沒想到，自己竟然就這樣走進夢想中的電影與文學人物的真實世界；當下，我因為這樣的人生奇遇，感到驚喜而震撼，以至於雙手指尖不由自己地發冷。後來，通過藍博洲所寫的〈幌馬車之歌〉，我進一步認識到蔣碧玉的先生鍾浩東不同於鍾理和的實踐理想的方式，以及蔣碧玉不同於鍾平妹的對先生的理想的支持。

一九八九年七月一日，沒有婚紗攝影，沒有新娘禮服，更沒有西裝，有的只是一條朋友硬塞上去的領帶，以及來自文化界、

候選人的妻子執筆的文宣比候選人選舉文宣還受歡迎

在那個青春的年代，我的腦子裡裝載著一部又一部的電影情節。我試圖從影片中尋找一個典型來塑造自己的人生。十歲那年，當我看了《八百壯士》之後，我就決心學會游泳，以待有朝一日，成爲冒著敵人的炮火，泅水渡江，勇敢贈旗給抗日國軍的「楊惠敏」；十四歲，看了《碧血黃花》，我又立志要在亂世中像從容赴義的秋瑾那樣活著，而不願只當個被林覺民憐愛的「意映卿卿」而已。似乎是同一年吧，我看了表現客籍作家鍾理和與鍾平妹愛情故事的電影《原鄉人》，從那時候開始，我又浪漫地期許自己日後能夠像鍾平妹那樣，支持一個像鍾理和那樣的文藝青年去成就他的文學理想；我想，那也是一種不平凡的生命。

於是，二十歲那年的我便刻意將當時台灣知名的幾本雜誌按喜好程度排列，作爲自己初入社會職場的選擇；而我的第一志願就是以關懷弱勢者、追求社會公平爲報導題材的《人間》雜誌。結果，我在不知天高地厚、毛遂自薦的狀況下，

僥倖進入《人間》雜誌。因為這樣，我認識了當時任職雜誌社，因為尋訪台灣民眾史而忙著南北奔波、居無定所的藍博洲。

我當時想，他不正是我少女時期「夢想」的像鍾理和那樣的文藝青年嗎？

從此以後，我也為了反對白色恐怖、爭取勞工權益、保護環境，乃至於搶救客家母語等議題，跟著藍博洲走上街頭。雖然我的電影看得少了，可我那如花一般的青春卻眞的跟電影《原鄉人》扯出牽連，甚至擴展出更寬更深的空間。

記得，一九八七年夏天的某個午後，我跟隨藍博洲，前往台北寧夏路某棟老宅，採訪日據時期台灣反日社會運動領導人蔣渭水的女兒蔣碧玉；在訪談進行中，我聽到她說，她與我少女時期的偶像鍾平妹是妯娌。我怎麼也沒想到，自己竟然就這樣走進夢想中的電影與文學人物的眞實世界；當下，我因為這樣的人生奇遇，感到驚喜而震撼，以至於雙手指尖不由自己地發冷。後來，通過藍博洲所寫的《幌馬車之歌》，我進一步認識到蔣碧玉的先生鍾浩東不同於鍾理和的實踐理想的方式，以及蔣碧玉不同於鍾平妹的對先生的理想的支持。

一九八九年七月一日，沒有婚紗攝影，沒有新娘禮服，更沒有西裝領帶，有的只是來自文化界、社運界和各地的政治良心犯的衷心祝福，我和藍博洲在台北陽明山嶺頭，舉行了一場簡單而熱鬧的婚宴。從此，我告別了天眞爛漫的少女時期，步入了為人妻子、母親的人生階段。為了工作的需要，更為了孩子的健康與教育，我跟隨藍博洲過著四處遷徙的日子；我們先後住過嶺頭、泰山、中和、苗栗老家、三重、屏東長治鄉、花蓮光復鄉、苗栗羊寮坑、新店安坑，最終於一九九八年初再度回到苗栗，隱居西湖鄉五湖村的山村。

作為客家媳婦，十五年來的婚姻生活，雖說在物質生活上經歷不少酸苦，可我一直覺得自己是幸運且幸福的。因爲在這個讀書人紛紛奉承權貴、黑白不分、是非顚倒的時代裡，我們始終活得堂堂正正。

早在國民黨統治、戒嚴令尚未解除的年代，我的先生，藍博洲，就爲了讓孩子們認識完整的台灣近現代史，獨自寂寞地進行了近二十年的二二八與五〇年代白色恐怖民衆史的調查、研究與寫作。如今，他又因爲看不慣台灣社會被誇稱「民主」、「進步」的執政黨大小政客們搞得民不聊生，乃至於瀕臨兩岸戰爭的臨界點，毅然接受侯孝賢導演的徵召，投入選戰。

作爲妻子，我當然反對藍博洲出來參選立委；因爲那是只有有錢有勢的人才玩得起的金錢遊戲。然而，爲了社會的進步，爲了讓尋常百姓能夠安居樂業，我沒有任何私人的立場不去支持他「反戰，救孩子！」的理想。因爲我不願意我和我的孩子，像日本動畫電影《螢火蟲之墓》的主角那般，成爲戰爭的眞正受害者。我相信，所有愛護孩子的母親們，也一定跟我一樣，絕對不希望讓戰火毀壞孩子們的未來。

那麼，就讓我們一起來支持藍博洲「反戰，救孩子！」的理想吧！讓我們用我們的選票，阻止那可以避免的、被主張台獨的戰爭販子挑起的兩岸戰爭。

因爲這樣，我要理直氣壯地回答那些關心我的鄉親們：

是的！這個參選苗栗縣立法委員的藍博洲，就是我先生。

十一月十六日◉賤賣李登輝

幾天前，就有熱心的民眾通報：李登輝今天要來苗栗，爲台聯的候選人站台助選。這個台聯的候選人，不久前還是國民黨的「藍鷹戰將」，六月的時候，曾因指責該黨主席連戰是「懶惰蟲」而聲名大噪；七月，拜訪李登輝後，又批評連戰是「小麻雀」而李登輝像「大鵬鳥」，然後就投靠「大鵬鳥」的羽翼底下，參選立委。

針對這種投機的政客行徑，我們認爲有必要給予適當的批判，以正世風。因此，昨天晚上的工作會議，就如何對這件事情表態，討論到今天凌晨一點多。

起初的構想是：在李登輝來到苗栗的同時，前往現場，舉牌抗議，並以行動劇方式表達對李登輝歷來政治作爲的批判。意見分爲兩種，有人贊成，也有人反對。反對的理由是：這樣的行動勢必造成衝突，因而破壞了我們給一般選民理性問政的印象；在造勢效果上未蒙其利，先得其害。討論因此僵在去與不去上頭，難有定論。我於是以候選人的身分表態說，行動一定要有，但不一定就得與他們正面衝突；畢竟我們行動的目的是希望通過媒體報導，起到宣傳造勢的作用。經過一番討論之後，最後，大家終於同意：在李登輝來到苗栗的同時，在相距兩百公尺外的苗栗火車站廣場，展開「賤賣李登輝」的活動。

所謂「賤賣李登輝」，意指將我個人出版、定價三百元的著作《共產青年李登輝——二進二出共產黨第一手證言》，以每本十元的價格賤賣。

監禁卅四年的政治犯林書揚先生

關於李登輝曾經加入共產黨的傳言，早在他當上中華民國副總統時，台灣政界便不斷有各種捕風捉影的猜測；而我因爲調查研究二二八與五〇年代白色恐怖歷史的機緣，早在一九八七年便有他當年在共產黨地下組織的老同志主動告訴我這段敏感的政治祕辛。但是，他那些老同志基於對他有所期待的考慮，希望我不到適當時機不要公開。也因爲這樣的考量，一直要到二〇〇〇年總統大選前夕，我才將這部通過數年的第一手調查採訪而取得的、有關李登輝青年時期二度進出共產黨的口述史料，全面詳細地整理寫作，並公開出版。

下午三點，我和振國及俊傑前去石油工會和台電工會，進行事先安排好的拜會活動；其他工作人員及義工則在辦公室，分頭製作看板、布條和傳單。五點前一刻，我們回到總部，所有的行動道具已經全部完成。與此同時，勞動黨榮譽主席羅美文也帶領

在苗栗火車站前廣場展開賤賣李登輝的活動

七、八個勞工弟兄，遠從新竹趕來聲援。不一會，十幾位五〇年代白色恐怖時期老政治犯——包括全台灣坐牢最久、實際監禁卅四年又七個月的林書揚先生，台灣地區政治受難人互助會會長黃英武先生等人——也坐著一輛中型巴士來到競選總部；他們剛在台中開完會，北上途中，順道到苗栗來給我們加油打氣。

向來人單勢孤的競選團隊，因爲這些勞工兄弟和政治犯前輩們的適時到來，一時顯得軍容壯盛。

五點整，除了一人留守辦公室之外，所有的人於是分乘宣傳車、自用汽車和中型巴士，浩浩蕩蕩地前往苗栗火車站。

當我開著那輛朋友提供的白色吉普車抵達現場時，我看到歷經無數次工運鬥爭的羅美文主席已經站在行動書房前進行街頭講演了。我和另外幾個工作夥伴下了車，快步走到車站門口前，他們隨即把寫著「賤賣李登

《共產青年李登輝》書影

輝」的布條攤在地上，然後把一箱又一箱的《共產青年李登輝》倒出來，隨意分散在布條上面。等在現場的記者們於是蜂擁過來拍照。我的情緒也被現場的氣氛激起，一改平時害羞、放不開的作風，蹲在書堆前，隨手抓起一本書，喊將起來：「賤賣李登輝，一本十塊錢！」車站附近的民眾立即圍過來觀看和購買……。

幾家電視和廣播媒體的記者，紛紛向我作採訪，問我：爲什麼要賤賣李登輝？

我的回答大體如下：

《共產青年李登輝》是有關青年李登輝二進二出共產黨的第一手證言。當年，那些與李登輝同年代甚至相識的台灣青年，爲了堅持改造社會的理想而遭到國民黨政權槍決、監禁，或者終生流亡他鄉的待遇；相反地，在同志們保護下倖存的李登輝，卻從共產黨轉向國民黨，如今又爲了個人的權位，另組台聯黨，實在是一個典型的「變節的革命黨人」和「成功的投機政客」。李登輝一生在政治上不斷轉向的歷史，令人難以認同；更糟糕的是，他的政治行爲將給下一代青年「投機有理、背叛無罪」的不良示範，把台灣政治人物的理想主義毀滅得蕩然無存，並將已經沒有是非的政壇搞得更加烏煙瘴氣。因此，我們有必要在他下來苗栗，爲同樣是「變節的國民黨人」站台助選，並大言不慚「愛台灣」而提出抗議。

俗話說，「穀賤傷農」，那麼，「書賤」，傷的應該是寫書的作者本人吧。可爲了讓更多苗栗鄉親認識到李登輝的歷史眞面目，我願意賤賣自己的著作。賤賣《共產青年李登輝》，也就是要通過賤賣的行動，批判「變節、投機」的政客。

就宣傳造勢和政治表態上而言，行動獲得前所未料的成功。車站的活動結束後，那些老政治犯前輩們原車北返。羅美文等勞工兄弟們和我們一起前往頭份夜市，繼續進行「賤賣李登輝」和反軍購連署的活動。

【民眾的聲音】

寄件者：林先生

主　旨：找不到您的捐款帳户

我想捐新台幣二千元給您，但找不到您的捐款帳户；或者購買您的全部著作——各二套，但關於李登輝的則要十本。如何聯絡？

十一月十七日◉抽籤

依舊是行程緊湊的一天。分別接受中廣、客家電視台和中天電視台的三次採訪；主持歌手林強策劃的反戰音樂晚會的記者會，並陪同林強前往五湖山村拜訪硬頸客家樂團；前往通霄鎮濱海的白沙屯漁村進行反軍購連署講演；以及參加選委會舉行的候選人號次抽籤。

就在抽籤的會場上，終於見識到苗栗地方政客的知識水平了！

早上八點到八點三十分，在家裡接受文化界名人蔡詩萍主持的電台節目的 call out 專訪。訪談結束後，隨即開車前往競選總部。九點五十分，又在振國與阿靈的陪同下，前往文化局中正堂，參加選委會主持的候選人號次抽籤。

按慣例，抽籤，一直都是所有候選人各出奇招、競相造勢的重要日子，從助選的車隊、鑼鼓陣、候選人的裝扮造型，到抽中號次的相應吉祥話，都是重點。然而，對我們來說，沒有實質內容的造勢都不是我們想搞的活動；作爲候選人，我甚至連到場抽籤的興致都沒有。其他夥伴則勸我說，去看看也好，就當作往後寫小說的一種觀察。因此，昨晚的工作會議，競選團隊的所有成員一致決議：以平常心面對，不跟其他人一起搞跳樑小丑式的造勢。

在中正堂廣場前，阿靈讓我們下車，自己去找停車位置。因爲事先有了心理準備與思想武裝，下了車後，我和振國便背著書包，氣定神閒地穿過正在那裡鼓噪較勁的藍綠兩陣營的車隊和助選員，從容走進抽籤會場。

遊街陣勢雖不如人，理念卻是清楚的。

十位候選人，有人一身日本浪人的裝扮，也有主張「去中國化」的候選人打扮成鍾馗，無奇不有地陸續來到會場，在舞台上坐定位；抽籤隨即按照登記的順序依次進行。

首先是曾經擔任縣議員、縣農會理事長，尋求立委「四連霸」的國民黨候選人登場，他從透明的壓克力籤櫃裡抽出一支籤條，交給主持人，主持人展開籤條，面對台下近千名各候選人帶來的助選員宣布：「十號」；就在這時，我看到這位在我剛會走路就已經是地方民意代表的派系大老，從他那身紅白藍三色的制式上衣的口袋裡，掏出一張紙條，然後看著小抄，大聲說：「十全十美」；他花錢請來的支持者隨即在台下高喊：「當選！」

我感到不可思議，心裡納悶著：一個當了三十幾年民意代表的老政客竟然連講句吉祥話都要看小抄，那他又是如何問政的呢？

還有更爆笑的，就是那位自稱是「阿扁忠狗」的綠營候選人的表現了。只見他抽出籤條，交給主持人，隨即迫不及待地高喊：「一馬當先」；主持人不疾不徐讓台下的「當選」吆喝聲靜下來後才糾正說：是四號，不是一號。全場一片爆笑。

也有本性流露的候選人。那就是當過縣議會副議長、縣長，並尋求立委「五連霸」的國民黨候選人了。排在最後頭抽籤的他，也許是事先背誦的幾個號次的吉祥話都已經被其他人講過了，著急的他，在抽籤進行當中，竟然目中無人，大剌剌地穿越會場，走到舞台前緣，一手扠腰，一手指著坐在台下的僱傭的助選員，斥責他們沒有把小抄給他……。原本就生得一臉凶惡面相的他，此時果眞讓人見識到了他自稱的「鐵漢」形象。

我坐在那裡，仿如局外人，看著舞台上形形色色的抽籤醜態，倒也不覺得無聊！只是想到家鄉的政治就是這些政客長期壟斷的現實，不禁感到一種無奈而沉重的悲哀！

【民眾的聲音】

寄件者：教官

主　旨：你是我的標竿

藍波，因功課關係，無法親自爲您助選，但遠在台北的我，仍持續爲您關注。在這艱困的戰場上，要永保衝鋒陷陣的精神，爲自己打下一片天。

你是我的標竿，加油！

十一月十八日◉現實

顯然，現實是教人感到喪氣的！

從早到晚，忙了一天，情緒也隨著碰到的社會現實而起起落落。

一大早，在台電工會領導幹部的安排陪同下，前往台電苗栗辦事處的辦公大樓，向全體員工一一拜票；幾棟大樓，上上下下，一路走下來，小腿肌肉開始感到痠痛，汗也流了；可也碰到了幾個在那裡上班的兒時玩伴、小學或中學同學。總的來說，人們不能說不熱情的反應，卻也讓我們覺得值得。然而，政治原本就是現實的。就在拜票活動進行中途，我們只見陪同拜票的工會領導人的手機不斷響著，他邊走邊講電話，腳步也愈走愈快；似乎急著要趕快結束行程。就在我們結束整個拜票活動，前往停車場開車時；某國民黨候選人的大隊人馬也進入辦事處了。原來，這裡向來就是此位候選人自認的地盤；在他來看，我們的行動無異是在挖他的牆角，因此接到通報後隨即趕來滅火。

兩軍車隊交會而過。就在駛離辦事處門口時，我看到一名該工會的幹部在警衛室裡閃躲著探頭，形色詭異。當下，我清楚地知道，在沒有任何物質力量的奧援下，要想在這座堡壘挖到一些工人票源，那就只能全看他們對我的政治理念的認同了；可現實並不樂觀，因爲與工會幹部的幾次接觸，明顯看到他們連基本的工人意識都沒有。就在昨天中午，那名閃躲的工會幹部還親自拿著自製的傳單到競選總部，表示要以小市民的身分發動民眾連署支持我；

我們非常感謝他的支持，同時希望他在這份傳單具名，這樣才有社會公信力與效果。他表示還要考慮考慮。

他提出的口號也頗有見地：

泛藍投藍（博洲）——黑金必除，台獨必亡

國親過半繼續爛——黑金氾濫

扁李建國一定亂——兩岸戰爭

中道崛起才會和——制衡藍綠，族群和諧，兩岸和平

泛藍投藍（博洲）何必煩——一舉兩得：反黑金，反台獨

然而，到了晚上，他的意志卻動搖了；他不但表示無法具名，同時也痛苦地表達他的苦惱；他說，雖然知道那位國民黨候選人實在很爛，可爲了不讓泛綠過半，他這次還是不得不支持他；畢竟我是新人，沒有當選的十足把握。我們也不勉強。臨走前，他又抱歉地說：四年後，你再出來吧！我一定全力支持……。我笑著送他出門，沒說什麼。我心裡清楚，藍綠對決的客觀態勢顯然已經左右了選民的投票意向，如果沒有更強大的物質力量的話，嚴峻的形勢也不容易突破。今天早上碰到的情況，其實只是現實的反映而已！

午後，按照既定行程，前往大湖鄉掃街拜票。行動書房在人潮較多的客運站附近定點停留活動，另一輛宣傳車則放慢速度緩緩遊街。振國坐在車上，透過麥克風，沿街宣傳；我和阿靈則在宣傳車的前導下，分別在街道兩旁，挨家挨戶的拜訪選民、分發文宣。

天黑以後，基本已掃完了大湖的幾條街道。在街上小吃店簡單用餐後，競選團隊的工作人員兵分兩路，我和振國，以及宣傳車，趕去苗栗縣境最南端的卓蘭小鎮，參加由卓蘭志工會舉辦的反賄選宣誓活動；其他人跟行動書房則前往大湖夜市，進行反軍購連署和賤賣李登輝的講演活動。

汽車在暗夜中穿過彎彎曲曲、住家寥落的台三線公路，駛進街燈淒黃的卓蘭市街；我們在宣誓儀式進行前及時趕抵會場。戲台上還在表演歌舞，戲台下盡是上了年紀的民眾，鬧哄哄的一片；從他們頭上戴的帽子，身上穿的夾克，以及手裡拿的傳單和禮品看來，顯然都是當地農會系統動員來支持某國民黨候選人的群眾。然而，情況不明。簽名後，我被領上戲台，跟幾名候選人的代表（只有我親自出席）一字排開，然後在司儀的一聲令下，一起刺破汽球；如此就完成了他們所謂「反賄選」的宣誓儀式。在苗栗縣，卓蘭在歷來的選舉中是以買票聞名的；據說，上回的縣長選舉，某國民黨候選人就在此地買下百分之九十八

街頭上認真閱讀文宣的年輕女孩

的選票。由於沒有事先調查研究，我還眞以爲這是一個「反賄選」的活動，當下，我才知道事情全然不是那麼一回事；他其實只是某個自稱「清廉」的金牛候選人的地方樁腳，以「反賄選」爲名而舉行的變相的賄選活動而已。

在卓蘭街上，沿街發放文宣、拜訪選民之後，我們又趕回大湖夜市，與其他夥伴會合。一路上，想到自己竟然愚蠢地大老遠趕來參加這樣的活動，於是就更加痛恨自己的天眞了。

這一天，現實總算讓我對世俗的政治又多了更深刻的體會……。

【民眾的聲音】

寄件者：David

主　旨：這條路將會是漫長且辛苦的

對於好的理念，好的人，目前的政治環境是極爲艱難的，唯有堅持再堅持的慢步前進，才能達到最後的成功。這條路將會是漫長且辛苦的。

祝你成功！

十一月二十日◉總部成立

星期六。天氣晴朗。終於迎來了競選總部成立的日子。

基於我個人的文化人身分，競選團隊決定不同於一般吼聲震天、杯盤狼藉的競選總部成立的活動方式，改以充滿藝術氣息的音樂會形式，創造一種新的、不同的選舉文化，回饋苗栗鄉親。

爲了這一天的到來，所有的工作夥伴，已經各自分工忙了整整一個星期。昨晚的工作會議，大家又再各自檢查：是否有所疏漏的大小事宜。作爲候選人，一早起來，仍如以往，按照既定的行程，前往四處講演或拜會。中午時分，回到總部。

此時，前來捧場的各界親朋好友，陸續從南北各地來到空間狹窄的總部；租用的活動舞台車也駛來現場，開始架設布置簡易的舞台。

四點整，排灣族歌手達卡鬧．魯魯安以其高亢嘹喨的歌聲拉開競選總部成立大會的序幕；在他即興創作的三首充滿原住民風的反戰歌曲帶動下，現場的氣氛隨即進入高潮。接著，在勞動黨秘書長唐曙主持下，台灣民主學校校長侯孝賢和創辦人許信良、小說家陳映眞和朱天心、台灣坐牢最久的政治良心犯林書揚、勞動黨主席吳榮元、苗栗縣產業總工會理事長黃玉鑑、電視政論節目《火線雙嬌》主持人尹乃菁等人，一一上台發表助選講演。另外到場而未發言的還有：親民黨縣議員鄒玉梅、新黨縣議員禹耀東、石油工會與台電工會的常務

作者與勞動黨主席吳榮元

大學時被判過死刑的吳榮元

理事等地方人士。

首先講話的是同樣是客家子弟的侯孝賢導演，他先用客家話向鄉親問好，然後嚴詞批判：民進黨上台執政後，不但沒有能力治國，而且已經成爲吸食人民血汗的利益集團；原先，大家都以爲經過八〇至九〇年代的民主運動，台灣的民主就完成了，沒想到台灣的民主卻大大倒退。所以，文化人必須站出來說話。他說，他準備拍一系列的紀錄片，重新還原被扭曲的台灣現代史的眞實面貌；而這也是藍博洲長年以來用文字紀錄的工作。這就是民主學校之所以在苗栗推薦像藍博洲這種在地的文化人出來參選的原因。最後，他強調：爲了重建被背叛的民主，爲了阻止六一〇八億軍購案把台灣經濟掏空，台灣需要多一些像藍博洲這樣的中道力量。

接著，也是客家子弟的許信良先生用流利生動的客家話批判民進黨執政無能，只會搞族群主義，不論是非，只講黨派、族群利益，自己人做錯了還是要支持，這不是民主。他強調，客家人歷來重視社會正義感，不搞族群主義，支持族群平等；希望苗栗的客家鄉親能夠選出最關心台灣歷史、台灣前途、台灣後代的讀書人理想主義者藍博洲，再寫台灣民主運動新頁……。

陳映眞先生進一步指出：政權輪替並沒有改變地方資產階

級、角頭、幫派自相授受，錢權交易的「民主」和選舉的本質。他強調：我們要求勞動者、人民、地方知識分子眞正參與的，確實能爲人民大眾服務的眞民主和眞選舉！因此他呼籲苗栗鄉親們，以神聖的一票支持一個不信邪、不怕鬼，要揭破藍綠政客們以權力和金錢互相勾結交易的「民主」騙局的苗栗勤勞人民的兒子——藍博洲。

舞台的位置坐東向西，一輪紅日隨著講演的進行逐漸西沉；天色漸漸暗了下來。

侯導堅定而銳利的講演神情

大學時期因爲「成大共產黨案」而被判過死刑的勞動黨主席吳榮元，提出第三勢力團結起來，推動新民主運動的構想。

林書揚先生接著針對我所提出的「反台獨」口號，從理論上分析批判了「法理台獨」的危險性。

當燈光亮起，著名的鋼琴家、台北藝術大學教授、父母親都是五〇年代政治受難人的黎國媛，在微冷的晚風吹拂下，用我們租來的電鋼琴演奏了一曲德布希的鋼琴曲。我看到現場的數百位鄉親彷彿都沉浸在這場冬夜下露天的音樂饗宴。樂曲結束，掌聲響起，黎國媛接著又和她的法籍丈夫邊彈邊唱了一曲激勵人心的法國革命歌曲——〈馬賽曲〉。

作爲候選人的我，也發表了簡要的講演。我強調：參選以來，許多人都對我說，我的競爭對手一個比一個還要財大氣粗，你怎麼選得過他們！可我說，我在苗栗沒有對手；我的對手是整個台灣社會。今天在台上幫我加油打氣的前輩和朋友們，每個都是台灣各界最閃亮的星星；所以，我認爲，如果像我這樣的窮作家得票高，甚至高票當選，那就表示苗栗縣還有希望；既然選民最封閉保守的苗栗縣都有希望，那麼台灣社會還是有希望的！

在知性與感性交織的氣氛下，整個晚會最後就在播放年輕朋友攝製的競選活動紀實紀錄片中圓滿結束。

一個研究麥卡錫主義的年輕的美籍華裔學者，恰巧於中午來到競選辦公室，找我討論有關台灣五〇年代白色恐怖的問題；這時，他走到我身邊，說：「我從來沒看過像這樣的選舉晚會，辦得眞好。」

【民眾的聲音】

寄件者：江同學

主　旨：讓更多人發現

我是南藝大的學生。研一時上報導文學與攝影課，讀了您撰寫的《幌馬車之歌》，深受感

助講台上的陳映真先生

動。這次又聽說您義無反顧參選立委，心中更是感慨萬千！

我心裡想了想，自己能幫上什麼？好像也想不出有什麼可以幫上忙的。想了想，想到之前上您的網站時發現：文字的部分很吸引我，但似乎沒有用到影像部分（除了您與應該是您小孩的合照）。我覺得似乎有點可惜！畢竟影像的力量還是非常強大，尤其是現在充斥天花亂墜的文宣上，文字論述的力量顯得更薄弱。所以我想到我拍攝的兩張照片，提供您作參考。

竭誠希望：您為社會的付出，能被更多人發現。

祝福！

十一月廿一日◉江湖女子

阿霞姊歌舞團在苗栗縣是大大有名的。民間的婚喪喜慶經常可以看到她所屬的電子花車以及歌舞女郎的表演。為了競選總部成立所需的舞台裝置，地方友人告知我們，可以向她租舞台車，這樣，連燈光問題也解決了；費用不高又省事。於是我們也跟她搭上線了。

阿霞姊年約五十左右，看到她，經常都是在電子花車的舞台上，穿著香豔俗麗的衣服，介紹參加筵席的來賓講話，主持歌舞表演；掌控全場的氣氛。她的口齒伶俐，只是內容都是那一行的套話。

昨天下午，當舞台裝置完畢，總部成立大會預定開場的時間一到，敬業的阿霞姊便自動地放起制式音樂，拿起麥克風，用她非常江湖的嗓音，請現場來賓入坐。那調子彷彿就是牛肉場的表演秀一般。競選團隊的工作夥伴們一聽都傻眼了。負責現場指揮調度的俊傑，趕緊跑到舞台後邊，跟她說明晚會的性質與另有安排主持人的情況。她也就欣然退場。

晚會結束之後，我忙著與來賓寒暄、送客。當我稍稍得閒，站在一邊抽菸的時候，阿霞姊便走到我身邊與我閒聊。她說，她全場看了我們的晚會，覺得我們跟別的候選人很不一樣，很受啓發；她又說，看了阿靈寫的〈是的，藍博洲就是我先生〉那份文宣，非常感動；她再說，聽了演講以後，她認為我們這些人在做的是新民主運動，很有意義。她表示，她個人一定支持我，而且要幫忙拉票……。

就是因爲她的盛情邀請，中午以前，我和工作夥伴及助選義工們分乘兩部車，趕到西湖鄉西湖國小禮堂。阿霞姊說，那裡有場一百桌的婚宴，只要我到現場，一定介紹我給現場鄉親認識，安排我上台講話；她還特別叮嚀：人到就好了，禮金就省下來。

果然，當我們一走進禮堂門口，正在台上主持節目的阿霞姊立即改口，向現場忙著吃菜喝酒的鄉親們說：現在，台灣民主學校推薦的立法委員候選人藍博洲先生親自來到現場，向新郎新娘祝賀，請各位鄉親鼓掌歡迎。

在禮貌性的掌聲中，我一邊跟鄉親們揮手致意，一邊走向台前（彷若是電視上經常看到的官僚出巡畫面）。前進的同時，我聽到她站在台上用客家話介紹我說：「他是我們西湖鄉的子弟，跟我阿霞姊一樣，是五湖村人；他這次出來參選是民主學校推薦的；你們知道幫他站台助選的都是些什麼人嗎？他們都是大學教授、作家，還有電視節目主持人，像是國際大導演侯孝賢、《火線雙嬌》主持人尹乃菁，普通沒有幾十萬是請不到的，可是他們都自己坐車，從台北下來，免費爲我們的西湖鄉子弟藍博洲站台；你們知道爲什麼嗎？因爲他們要一起推動非常有意義的新民主運動……。」

曾主編《夏潮》並致力社運活動的蘇慶黎

聽著阿霞姊過於誇讚的介紹詞，我很是不好意思地走到台前了。喜宴的主人——男方家長熱情地走過來跟我握手，說：謝謝光臨；然後請我入座。沒多久，我看到那個曾經當過苗栗縣長、現任立委的某國民黨候選人，也在大批助選員的陪同下來到現場；他直接走到台前向阿霞姊說：我還要趕場，先讓我上台講話。可阿霞姊並沒有買他的帳，笑著說：X委員，人家藍候選人先來的都還沒講，你就別急嘛！先來後到總要照順序來，你就一桌桌先去拜票吧！說著，他就介紹我上台講話。我看到某國民黨候選人鐵青著臉，卻又只好強裝笑臉地去挨桌拜票。

我在台上簡要地介紹自己的出身背景、參選理念後，隨即與工作夥伴們一桌桌地發送文宣、致意。離開現場時，我們聽到透過麥克風傳來的阿霞姊的聲音：現在，我們請X委員給我們的新郎、新娘致詞……。這時候，我們互相看了看，然後就像打了場勝仗般地笑了。

這個阿霞姊，實在可愛！

我和振國及哲元接著又開車北上，趕去台北土改紀念館，參加《夏潮》的老大姊蘇慶黎的告別紀念會。

【民眾的聲音】

寄件者：苗中學妹

主　旨：我一定支持你！

我最近看了你的一些作品，覺得你是一位用心的好作家。看了你的報導文學，對你努力尋找歷史眞相的用心，更是感動不已！知道你將在苗栗選立委，更是二話不說一定支持你！也要動員全家一起支持你！不爲別的，只因爲相信你絕對會爲苗栗，爲西湖（也是我的家鄉）付出更多的用心。加油了！

十一月廿二日◉主觀的偏見

《自由時報》的選情分析提到：民主學校推薦的藍博洲，稍早在地方上的知名度本來比其他政黨候選人遜色，但經過侯孝賢、陳映眞、王曉波等多位藝文界人士下鄉助陣後，支持度已有明顯增加。

這家報紙向來的立場是大家都知道的。因爲這樣，對我們來說，這則報導透露的是讓人鼓舞的訊息；至少，它意味著：我們這一個月來的努力，已經在地方上得到一定的重視。

看完各家報紙的選情報導後，我和俊傑隨即開車前往中油探採事業部，出席苗栗縣產業總工會及縣內各國、公營企業工會聯合召開的「安定國營事業、拯救苗栗經濟」記者會。

我們準時來到會場。現場負責招待的工會幹部隨即領我到主席台就座。除了我以外，一個自行參選的立委候選人也已入座。到會的包括中油、台電、郵政、電信、台鹽通霄精鹽廠、台肥苗栗廠、長春石化、竹南啤酒廠等縣內各國公營事業的產業工會代表。

記者會由苗栗縣產業總工會理事長主持。他首先致詞說，長久以來，縣內國公營事業不僅給貧窮的苗栗縣提供可觀的工作機會，增加地方稅收，也帶動了苗栗的經濟發展。可是，自從政府推動國營事業民營化後，許多國營事業員工卻面臨了裁員減薪的危機。例如：中石化頭份廠原本每年可繳縣庫八千萬元的稅，民營化後卻由盈轉虧；台肥苗栗廠原有五百餘名員工，民營化後卻裁減爲僅剩一、二十名。因此，他們堅決反對這種將全民的財產私有化的、剝削式的民營化。最後，他呼籲：爲了避免縣內勞工中年失業而造成愈來愈嚴重的家庭和社會問題，希望所有立委候選人當選後，能夠支持「反對裁員減薪式的民營化」提案。

接著，理事長隨即按照先來後到的順序，邀請到場的立委候選人致詞。我排在第二順位。今天，我是抱著了解問題的心情來聽工人弟兄們的心聲的；我不想爲了拉票而亂開支票，於是說：「我願意全程坐在這裡，聆聽所有工會代表反映的問題；聽完以後，再談談我的感想。」與會的工人代表們隨即給我熱烈的掌聲。理事長於是改請剛剛趕到的某親民黨籍候選人講話。現任立委的這位候選人也毫不客氣地拿起麥克風，吹噓了一番他在任內所做的豐功偉績，並且空口開出一堆不知道能不能兌現的支票。講完話，他說還要趕場，就要離開。這時候，從新竹趕來與會，一直坐在台下聽講的工運先行者、勞動黨榮譽主席羅美文站起來抗議，要他先別急著走，至少也該坐下來，聽聽勞工朋友們有什麼問題需要反映；羅美文同時也站在工人立場，對候選人爲主的議事程序表達了不滿。現場一片騷動。

然而，我們苗栗縣的工會幹部們終究還是跳不脫「以官爲主」的意識，對資產階級民主的所謂民意代表們存有依靠的幻想，依然讓隨後陸續到來的國民黨和民進黨的候選人依序講話、拉票；不管他們是支持或反對國營事業民營化。我實在聽不下去，於是藉機「尿遁」到場外的休息室，跟其他工人一起抽菸、閒聊，一直到工會幹部開始發言時，才又回到會場……。

老實說，參選以來，我從來沒有眞正在意能不能當選，我在意的是：苗栗縣的工人弟兄們究竟有多少人會支持像我這樣的候選人？因此，長期從事工運的俊傑，自下苗栗以來，一直努力進行著跟工會朋友的聯繫工作。可從幾次的接觸看來，我以爲，相對八〇年代以來投身工運的工人弟兄們，苗栗縣的這些工會幹部們，在認識上既沒有工人意識，就更談不上有什麼階級意識了。

這樣的勞動人民，又怎能在短時間內奢望他們起來爭取勞動階級民主、當家做主呢？

我希望這只是我主觀的偏見。

【民眾的聲音】

寄件者：詹先生

主　旨：堅持到底

反戰，救孩子！──加油！加油！

反台獨，要三通──努力！努力！

反軍購，要福利──贊成！贊成！

反內戰，要和平──必要！必要！

再接再厲！

堅持到底！

十一月廿三日◉透明的候選人

每天至少一則新聞，是競選團隊打好媒體宣傳戰的基本策略。在這樣的選戰設計下，早上十點，競選團隊通過記者說明會，公開推出了「透明藍波——藍博洲選舉日記」影音競選網站。

根據苗栗縣政府主計室公布的人口統計資料，至九月底爲止，全縣二十歲以上的選民一共近四十一萬人；其中，廿到廿九歲者最多，有九萬四千六百七十八人，占百分之廿三．一一；依序爲四十至四十九歲者，八萬四千多人；卅至卅九歲者，八萬三千多人……。這樣的選民結構，以及我個人的條件，決定了我們以爭取年輕選民認同的主要戰略思想。問題是，就業和教育環境相對落後的苗栗縣，大多數的青年都在外地謀生或求學，他們不但接觸不到我們的競選文宣、了解我的政見理念，甚至連家鄉有我這個候選人都可能不知道。這點，在選戰初期就不斷有熱心的支持者建議我們要設法突破；我們也一直放在心上。

就是在這樣的客觀需要下，年輕又熟悉電腦網路的哲元和稚霑，想到了架設競選網站的點子。他們說，通過年輕人熟悉的、無遠弗屆的電腦網路，我們可以讓那些散居四方的苗栗青年認識到我們的參選理念。於是在經費許可的範圍內，他們開始夜以繼日地著手進行各項事宜，並且克服了種種技術上的困難，把這個網站架設起來了。

然而，光有網站而沒有足以吸引年輕人的東西，那也是白搭。他們於是想到採取時下年輕人或藝人流行的「上網寫日記」的形式，規劃了「選舉日記」的欄目，讓候選人也上網寫日記。他們說，放眼看去，檯面上的政客沒有一個不是精美包裝的商品，一般選民很難認識他們的眞實面貌；你既然是跟其他政客不同的作家，就該把自己選舉過程中的所思所想，通過寫日記的方式，與選民分享，做一個眞誠的、透明的候選人。我接受了他們的創見。因爲這樣，雖然每天半夜才拖著疲憊的身軀回到家，還是會坐到電腦桌前，記下當天的活動和感想。

因爲要做一個眞誠的、透明的候選人，網站的域名於是定爲「nakedlp」。像是初爲父母的年輕夫婦那般，哲元和稚霑對他們所催生的網站名稱非常得意。哲元向我解釋了他們的「命名學」——首先，naked的意思是：赤裸裸的、原原本本的；LP則是朋友們平日對我暱稱的綽號「藍波」（Lampo）的英文縮寫。稚霑笑著接腔說，最近政壇不是非常流行講「LP」嗎？搞不好有很多人一看到「naked」和「LP」，就會好奇地上網瞧瞧呢！

我尊重他們的創意，沒有異議地接受了。

除了「選舉日記」、「透明藍波」還規劃了「紀錄選舉」、「在行動的路上」、「支持你，藍博洲」和「談話頭」等幾個欄目。「紀錄選舉」將每天播放候選人當天競選活動的影音紀錄；「在行動的路上」仿如歷史檔案館，刊載所有的競選文宣、戰報、抗議聲明和各種新聞報導；「支持你，藍博洲」刊載的是支持者的留言，「談話頭」則是提供選民發表自己意見的討論區。

競選團隊的所有工作夥伴都對哲元和稚霑所創建的網站抱持高度肯定。他們自己也對這個網站寄予極高的期望，認爲只要它對那些遠在異鄉的苗栗青年起到宣傳作用，一定會大力拉抬我們的選情的。我和振國並不懷疑這點。只是後頭的路還很長很艱辛，我們擔心他們體力過度透支。

爲了照顧這個另類的選舉網站，已經有好長一段時間，他們每天都只睡兩三個鐘頭而已！因爲這樣，每天凌晨兩點一到，作爲總幹事的振國，就要把電腦桌前的他們趕去睡覺。

【民眾的聲音】

寄件者：神州散髮人

主　旨：不信人間耳盡聾

藍先生：恭喜您的網站成立。

欣慰的是：有諸多的人上去瀏覽。

個人私自期盼的是：這個網站能夠一直持續下去。

——「起向高樓撞曉鐘，不信人間耳盡聾」；

願這晨鐘能繼續撞下去。

個人堅信：不信人間耳盡聾！

十一月廿四日

影像文宣

早上十點，競選總部文宣製作小組對外公開發表第一波影像文宣。

記者會之前，隨手翻閱今天的報紙，看到《自由時報》刊載了一則令人氣憤的新聞：教育部長又以學者身分發表了有關日本殖民有功的言論。雖說見怪不怪！可對堂堂教育部長所云：「在日本殖民統治時代，台灣人就是日本人」的謬論，還是感到痛心！我想，如此口口聲聲「愛台灣」，強調「本土」的教育部長，竟然一再說出讓台灣人丟臉的話，眞是斯文掃地！這樣的部長，要是在韓國，恐怕早就被趕下台，乃至暗殺了吧！可奴隸性較強的台灣人卻能夠忍受，眞是「溫柔敦厚」啊！

記者們陸續來了。我於是把報紙擱置一邊，準備主持馬上就要開始的記者會。

今天推出的影像文宣包括：將在地方電視台播出的三十秒的CF，畫面是苗栗火車站，一輛載著離鄉的苗栗青年緩緩駛出月台的火車，文案是依序淡入的三句話：

爲了就學、就業、就醫，
苗栗人被迫離鄉背井；
選擇5號藍博洲，苗栗可以不一樣！

冒雨在苗栗街頭拜訪選民

另外則是一部眞實呈現我們整個競選活動與理念的十分鐘短片。這部短片將跟著行動書房，在十八鄉鎮的夜市、廟口，定點播放。

我向現場的記者說明：由於我這次的參選經費完全是文化、學術界的朋友，以及台灣各地的民眾，每人五百、一千、五千、一萬、五萬、十萬等集資而來，基於「取之社會，用之社會」的原則，所有工作同仁都有每分錢都要用在有益社會教育、絕不浪費的共識。經過討論之後，競選團隊決定遵從「物盡其用、人盡其才」的道理，特別委託台南藝術大學音像研究所畢業的年輕紀錄片工作者梁英華和林稚霑，全程紀錄、製作一部「作家藍博洲參選紀實」的紀錄片。

我想，一部紀錄片的製作完成，通

常需要兩、三百萬元的經費；而我們的競選總經費也不過如此而已！所以，如果他們能夠同時完成一部有關選戰的紀錄片，就不僅是台灣紀錄片史上的創舉，更是台灣選舉史上一件有意義的創意。

因爲這樣，我個人願意全力配合他們的攝製工作。

如此部長

記者會結束後，某報記者和我聊到杜正勝的言論，並且告知：下午三點，杜正勝要到苗栗聯合大學。聽到這個消息，我們都興奮起來，當下決議：改變既定行程，前去舉牌抗議！

經過一番腦力激盪，在林強〈我的頭殼有問題〉的歌聲伴奏下，我們確定了製作主標語的口號：

杜正勝背祖辱台台人從此蒙羞辱！

教育部篡改歷史學子從此頭殼壞！

其他標語牌的內容包括：

抗議殖民有功論！

不許皇民化復辟！

台灣人不是日本人！

兩點四十五分，我們拿著幾幅標語，來到聯大校門口，面對公路，一字排開，高舉抗議標語牌，展開安靜而理性的抗議。一波又一波的記者採訪結束了，那位部長還沒有來；許多記者離去了，有幾個不死心，等著要看我遞交抗議書給杜正勝。一個鐘頭過去了。我知道聯大沒有後門，他們不可能走後門進去；於是決定等下去。後來，聯大當局悄悄派人把原來架在校門的歡迎牌撤走了。我想，那人一定不知用何方法溜進去了。果然，不久就有一位記者通報說，那個所謂部長已經在學校裡頭做官樣講話了；就在這時，聽到校園傳來一陣鞭炮聲……。

怎麼也沒想到，竟有不敢走大門的部長！如此部長，也就懶得等他出來了！

【民眾的聲音】

寄件者：一個雖有理想但屈於現實的上班族

主　旨：真誠的選舉，實在的理念！

在一個偶然的機會看到你的網站，花了些時間看完，也輾轉從朋友那得知些你們的消息，可以感受到你們對理想真誠的實踐，而且你們的理念不誇張浮濫，完全適合一般平民百姓。

這網站做得很用心，期望無論選舉結果如何，這網站仍能一直維持下去。

INK
JBLISHING

讀者服務卡

您買的書是：________________________________

生日：________年________月________日

學歷：□國中　□高中　□大專　□研究所（含以上）

職業：□軍　□公　□教育　□商　□農

□服務業　□自由業　□學生　□家管

□製造業　□銷售員　□資訊業　□大衆傳播

□醫藥業　□交通業　□貿易業　□其他________________

購買的日期：________年________月________日

購書地點：□書店　□書展　□書報攤　□郵購　□直銷　□贈閱　□其他

您從那裡得知本書：□書店　□報紙　□雜誌　□網路　□親友介紹

□DM傳單　□廣播　□電視　□其他

您對本書的評價：（請填代號 1.非常滿意 2.滿意 3.普通 4.不滿意 5.非常不滿意）

內容______　封面設計______　版面設計______

讀完本書後您覺得：

1.□非常喜歡　2.□喜歡　3.□普通　4.□不喜歡　5.□非常不喜歡

您對於本書建議：

感謝您的惠顧，為了提供更好的服務，請填妥各欄資料，將讀者服務卡直接寄回或傳真本社，我們將隨時提供最新的出版、活動等相關訊息。

讀者服務專線：（02）2228-1626　讀者傳真專線：（02）2228-1598

235-62
台北縣中和市中正路800號13樓之3

印刻出版有限公司　收

讀者服務部

姓名：＿＿＿＿＿＿＿＿　性別：□男　□女

郵遞區號：＿＿＿＿＿＿

地址：＿＿＿＿＿＿＿＿＿＿＿＿＿＿＿＿

電話：（日）＿＿＿＿＿＿＿＿（夜）＿＿＿＿＿＿＿＿

傳真：＿＿＿＿＿＿＿＿

e-mail：＿＿＿＿＿＿＿＿＿＿＿＿＿＿＿＿

INK

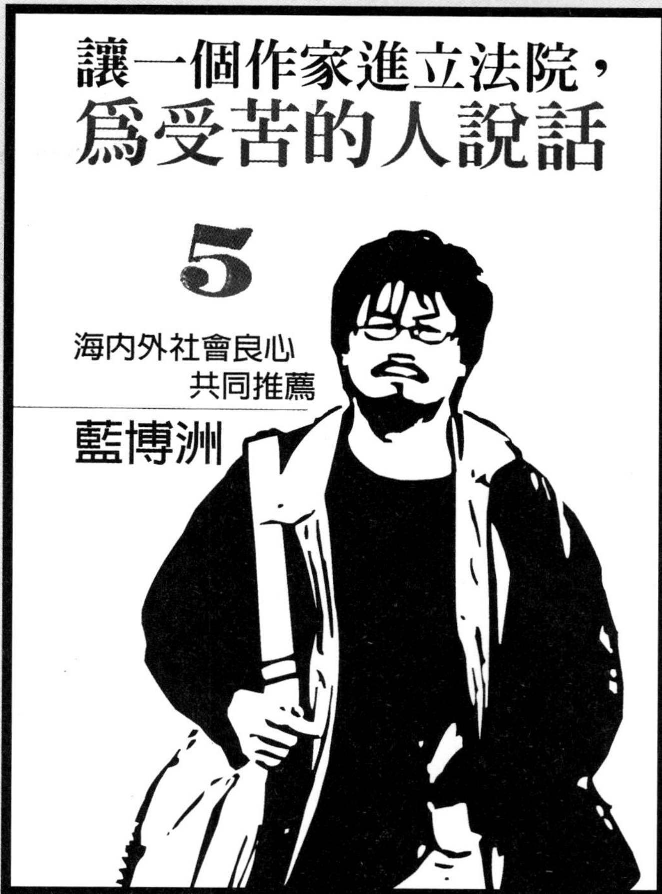
讓一個作家進立法院，
爲受苦的人說話
5
海內外社會良心
共同推薦
藍博洲

「為受苦的人說話」文宣品

十一月廿五日

海內外社會良心的推薦

早上十點，競選總部召開第三波競選文宣：「讓一個作家進立法院，爲受苦的人說話——海內外社會良心共同推薦藍博洲」的記者說明會。

這份文宣是由一百三十六位海內外社會良知共同連署的一封公開推薦信。他們包括：五〇年代白色恐怖政治良心犯、黨外前輩、各種社會運動的領導人、大學教授、作家、電視政論節目名主持人，以及僑居海外的學人。其中十位發起人是：民主學校校長導演侯孝賢、台灣地區政治受難人互助會創會會長林書揚、夏潮聯合會創會會長陳明忠、中國統一聯盟創盟主席小說家陳映眞、族群平等聯盟發起人作家朱天心、《中時晚報》總主筆詩人楊渡、台大哲學系教授王曉波，以及旅居美國的作家葉芸芸和李黎，旅日的東京經濟大學名譽教授劉進慶等人。

公開推薦信提到：

藍博洲是我們公認，台灣最優秀的報導文學作家之一。……把一個這麼優秀的作家送進立法院，那個已經被形容成「瘋人院」的地方，我們都非常捨不得。……但我們不得不這麼

夏潮聯合會創會會長陳明忠在《好男好女》中客串演出

做，因爲，我們眞的需要一個眞誠的聲音，一個人文的心靈，進入立法院，爲受苦的老百姓說話。……他不會被政治的利益所收買。他不會被政黨的惡鬥所左右。……我們在這歷史的關鍵時刻推薦他，是因爲我們同時在這裡承諾：藍博洲在立法院有任何需要協助的時候，不管是政治、經濟、文化、社會的所有法案議題，我們都會參與協助，共同完成。所以這不只是苗栗縣選一個立委而已，而是讓所有文化界和社運界的朋友，一起當立委。……我們一起推薦藍博洲，我們願意和他一起努力，讓台灣社會有改造的希望。

公開推薦信的執筆人——詩人楊渡，一早就不辭辛勞，專程從台北開車趕來苗栗，出席這場記者說明會。楊渡表示，作家與政客不同，對人抱持人道主義關懷的作家不善馬基維利式的利害權謀，所以，推薦藍博洲

巫紹熹老先生（左）與詩人楊渡（右）

進立法院，是一種「反政治的政治」觀念。他強調，作家是爲良心說話的人，代表社會良心的作家進入政壇，可以逐步改變台灣俗劣政風，這會是改造台灣的開始。

楊渡是我輔大的學長，是我們這一代有才情的文學青年，在新聞工作上的優異表現更是有目共睹。這次我出來參選，他出錢又出力，很讓競選團隊感動。

家住苗栗，五○年代白色恐怖時期的政治良心犯巫紹熹老先生，也到現場說明他連署的理由。

巫紹熹老先生首先表示：「藍博洲對二二八和白色恐怖的研究很徹底，對公開台灣這段空白的歷史，貢獻很大。」他接著說，「早期，我非常支持黨外人士推動的民主運動，但是民進黨執政後貪污腐敗的作爲，讓我非常生氣。這次，看到藍博洲提出『反戰，救孩子！』的訴求，讓我有『魚水相逢』的感覺。我想，這次如果讓民進黨、台聯黨的綠色立委過半，台灣馬上就要瀕臨發生恐怖戰爭的邊緣。所以，我們一定要支持像藍博洲這樣有理念的立委候選人，制衡綠色政權。不能給綠色政權得逞。」最後，巫老先生語重心長地說：「我的大半生就是在戰爭中度過的，我深刻知道戰爭是非常可怕的！台灣絕不能再發生戰爭。我們一定要阻止戰爭。這是我和藍先生一致的想法。」

巫紹熹老先生今年已經八十幾歲了。打從競選辦公室開始啓用的第一天，他便自動前來幫忙；每天，一大早就來，拿了一大疊文宣，出去散發。因爲這樣，競選團隊的工作人員不管前一晚工作到多晚，總是自覺地在老先生到來之前，起來工作。

另外，原本要出席記者會的還有一位本地聯合大學的黃教授，因爲學校臨時有會要開，於是認眞寫了一份書面的推薦稿。黃教授是在「反軍購：愛與和平音樂晚會」上才認識的新朋友，聽了我的演講之後，主動向我表示：願意一起爲重建被背叛的民主，貢獻自己的一分心力。

面對海內外這些識與不識的社會良心的共同支持，我更加堅信：只要還有這股中道力量的堅持，台灣社會就不可能讓那些政客們任意糟蹋而沉淪的！

問題就在選民們怎麼選擇了。

救孩子

午後，汽車沿著後龍溪畔蜿蜒的台六線公路前行，兩山夾峙的峽谷之間有些霧氣，陽光照在河床上，一片氤氳；看著看著，突然心生「風蕭蕭兮易水寒，壯士一去兮不復還」的況味。想想，又覺得自己太過誇張，不過就是要去進行每天例行的沿街拜訪選民的活動而已！

既死不了，也就談不上什麼「不復還」了。

穿越一座又一座隧道，終於來到後龍溪與汶水溪交會處的汶水老街。下了車，趁著宣傳車還沒到的空檔，在街旁一處開滿九重葛花的矮牆外，點根菸抽。一根菸吸沒幾口，宣傳車來了，趕緊擰熄，丟入一旁的垃圾桶裡。

阿靈和我於是又在宣傳車的前導下，開始挨家挨戶地登門拜訪，發送文宣。

「對不起！我是民主學校推薦的立委候選人，五號藍博洲本人，敬請指教。」

「我是他太太，」妻接著笑著遞上文宣。「請參考指教！」

一貫的問候語，不斷重複，偶爾變化一下而已。選舉果然是「俗人的遊戲」。

走到老街近尾處時，遠遠看到兩個男孩從橋頭那邊一路跑來。

「你們在發什麼東西？」其中一個男孩好奇地問道。

「我們在發立委候選人，五號藍博洲的文宣。」阿靈笑著說。

「那，給我一些，巷子裡面的那幾家，我們幫你發。」另一個男孩說。

我看了看孩童所指座落在一道陡坡上的幾戶人家，遲疑了一會，然後交給他們一小疊文宣。

「我們的經費有限，可別亂丟哦！」阿靈仍然笑笑地說。

「才不會呢！」兩個男孩不服氣，異口同聲說。其中較高那個，眼睛又黑又亮，皮膚曬得黑黑的男孩然後說：「我聽我媽說，她和我爸都要選給五號。」

「為什麼？」

「我媽說，他很可憐！」

連小孩也愛看的文宣

「他怎麼可憐？」

「他怕他的孩子死掉，所以要救孩子。」

「不是這樣啦！」阿靈還是笑著向那兩個天眞的男孩解釋。「他是怕所有的孩子都會死在戰爭的砲火下，所以要反戰救孩子！」

兩個男孩憨憨地笑了笑，隨即學著宣傳車播放的競選口號，一邊朝斜坡上的人家走去，一邊像背書一般唸著：

反戰，救孩子！反戰，救孩子！

作家藍博洲，走出書房，走向群眾，走進立法院……

陽光隨著他們逐漸遠離的身影西斜。

我們朝著大湖、卓蘭的方向繼續前進。

【民眾的聲音】

寄件者：黃恆秋

主　旨：苗栗需要有一席文學立委

身爲苗栗人，看到你爲了理想出來參選立委，感到給予讚賞與欽佩。

近年來，你放棄媒體高薪工作，隱居苗栗西湖，將你的創作獻給故鄉——苗栗。你的成果，相信苗栗的文學界人士都有目共睹，更慶幸的是你出來參選，讓苗栗此次立委選舉，充滿著文學氣息的選舉。

最後，我以身爲苗栗的客家文學人眞情眞心相挺，也奉勸苗栗人：苗栗需要有一席文學立委，讓人知道苗栗是個文學之鄉！

十一月廿六日

匿名信

一早，進到辦公室，幫忙接電話的義工阿姨便遞給我幾封信；主要都是支持者的來信，其中一封則是充滿惡意的匿名信。原文如下：

藍先生：

我讀過你的《沉屍．流亡．二二八》等書，想想你這幾年愈走愈偏，研究了半天二二八，難道你不能領悟二二八的發生就是因台灣人已不是中國人（這是林獻堂先生錯認之後的悔恨），台灣文化已不同於中國文化？

看你競選，找來的助選員，儘是一些統派，而以民主形象包裝著，讓人感慨，做了那麼多年的二二八文史工作，除了稿費、版稅，你學到了多少？

你當然不是爲當選而競選的，而是爲宣揚「理念」而競選的，但民意有多少？別自取其辱了！

這封信寫於十一月廿一日，是用台北六福皇宮的信紙寫的；寄信地址是台北市信義路三段一百五十七巷十一號客家會館；雖然貼了五元郵票，卻沒有加蓋郵戳。因此，眞正的發信地址無法辨明。

關於二二八是怎麼發生的，我很願意跟任何認識不同者討論。但是，像這樣不敢具名的匿名信，我是懶得搭理的。如果這位匿名者敢公開亮出名號，我一定毫不迴避，就事論事，好好討教一番。否則，「天要下雨，娘要嫁人」就只能隨他去了。

冬冬的故鄉

我和阿靈趕到銅鑼鄉重光診所已經是早上十一點半左右。特地從台北趕回銅鑼的劉慕沙女士已經在客廳等待多時了。爲了幫我拉票，她自掏腰包買了五十本《幌馬車之歌》（增訂版），要我簽名，分贈給她的親朋好友們。

重光診所的主人是出身四湖劉家（吳濁流代表作《亞細亞的孤兒》開場所寫「雲梯書院」所在地）、老一輩銅鑼鄉親無人不知的劉肇芳醫師。這棟以檜木爲建材，融合了中、西、日建築美學風格的診所，興建於日據末期。雖然劉醫師已於年初謝世，但是他這間老診所依然屹立在銅鑼火車站旁幽靜的巷弄裡，吸引著搭火車南來北往的旅客們驚豔的目光。

一九八四年，侯孝賢導演在這裡拍了電影《冬冬的假期》。從此以後，一批又一批的日本影迷便經常前來朝聖。現在，苗栗縣政府也把它正式列爲值得保存的歷史建築了；只是龐大的維修費用還得家屬自己張羅。

劉肇芳醫師的家屬之一便是女兒劉慕沙——著名的日本文學翻譯家、已故的著名小說家朱西甯夫人、小說家朱天文和朱天心姊妹的母親。因爲這樣，朱家姊妹小時候曾經在這裡住過一段時間，留下了她們在保守的客家庄成長的童年記憶。也因此，姊姊天文後來和台灣新電影運動旗手的侯導合作，攝製完成了電影《冬冬的假期》。

電影開拍應該是在一九八三年的暑假吧！

在此之前，我在文建會辦的電影編劇班上了侯導的課；下了課，主動向侯導表示：喜歡他的電影，有機會想跟他拍片。侯導於是向我要了聯絡電話。一段時間沒有消息，以為事情沒有下文了；怎知，暑假期間突然接到侯導電話，說是新片就要開拍了，問我還想不想去。想啊！怎麼會不想。只是兵單已來，馬上就要入伍。因爲這樣，就與電影、侯導擦身而過。再相逢，已是十年後的《好男好女》了。

二十年後，侯導又回到《冬冬的假期》的拍攝現場；可這次不為拍電影而是爲了幫我助選、拉票。我總算彌補了當年缺席的缺憾。

侯導和朱天文及青年作家林俊穎等人在中午以前一起到達。他們都是專程下來助選的。在重光診所召開簡單的記者會，讓記者拍照後，劉慕沙女士又在附近餐廳擺了五桌，向親朋好友大力推薦代表民主學校在苗栗縣參選立委的我。

餐後，其他工作夥伴們從總部趕過來會合。當銅鑼的鄉親們從午睡中醒來，我們於是在銅鑼街上展開挨家挨戶地拉票活動。跟往常一樣，振國坐在前導的宣傳車上，不停地透過喇叭傳送著政治訊息；幾個工作夥伴陪著阿靈，在街道的另一邊活動；我和侯導、朱天文及林俊穎跟隨劉慕沙女士，一路前進。

劉慕沙女士的年紀雖然比我們都大，腳力卻不輸給任何一人；從街頭到街尾，她始終走在最前頭，沿街逐戶向銅鑼鄉親們推薦民主學校的候選人藍博洲。有些鄉親因爲家裡突然闖進這麼一群人而感到愕然，乃至於露出不悅的神色了；可爽朗地笑著的劉女士一說自己是重光診所劉肇芳醫師的女兒時，鄉親們隨即流露出親切歡迎的笑容。劉女士接著又向鄉親介紹了電影《冬冬的假期》的導演侯孝賢和女兒朱天文，然後說：我們因為看不慣台灣的政客把社會搞得烏煙瘴氣，所以專程下來苗栗，支持作家藍博洲參選立委，希望你們也能投票給年輕、有理念、有理想，不會打架的藍博洲，讓他進入立法院，為老百姓說話；我們苗栗應該換不一樣的新人做做看了……。

我們的「拜票」（我實在很不喜歡這個詞）活動，一路上，受到銅鑼鄉親的熱烈的反響。許多看過電影《冬冬的假期》的年輕人，雖然不認識劉慕沙女士，也因為看到導演侯孝賢和編劇朱天文親自拜訪，興奮地請他們簽名或合照留念。

銅鑼街上颳了一個下午的《冬冬的假期》旋風。

堂堂亮亮

入夜以後，略顯荒涼的銅鑼街道兩邊的路燈，一盞盞地亮起來了。冷風從海的那邊越過山丘陣陣吹來。劉慕沙女士趕著搭火車回台北。振國和其他工作夥伴趕回競選總部，準備晚上的「反戰救孩子演唱會」。我開著車，載著侯導、朱天文和林俊穎，沿著當年吳濁流前往四湖公學校報到的縣道一一九線，前往三湖店仔街陳姓友人家，與西湖鄉長及鄉公所的幾位課長共進晚餐。

天色已暗，車窗外的風景一片黝黑。一路上，腦海中一直浮現著劉慕沙女士那爽朗大氣的身影。想著想著，郭松棻的小說〈月印〉裡頭描寫中國女性和日本女人的一些句子就印象式地閃現出來：

> 中國的女性，總帶著大陸性的體面，堂堂亮亮行走在群眾中。
>
> 日本的女人實在未免淒楚了一些，像穿著單薄的衣裳走在秋冷的薄暮裏。

當然，這兩句準確的引文是半夜回到家後，趕緊翻書查找出來的。記得，一九八四年，初讀這樣的描寫時，覺得自己似乎可以理解，但是又不是能夠具體地體會小說家的意思。一直要到後來，採訪了在祖國大地走過無數山川田野的蔣碧玉女士，以及許多不曾有過這種歷練的台灣老一輩女性之後，我才比較能夠從蔣女士身上自然流露的大氣，掌握到這兩種描述背後的歷史意義。

少女蔣碧玉

在劉慕沙女士的身上，我彷彿又看到了曾經在蔣碧玉女士那裡看過的「大陸性的體面」；雖然內容不盡相同，可都沒有一般台灣老一輩女性那種擺脫不掉的日本女人的「淒楚」味。問題是，她那亮堂堂的氣質又是從何而來的呢？是客家女性的特質嗎？顯然不是。我想，一個出身保守的客家醫師家庭的女性，在家鄉剛剛遭到嚴厲的紅色肅清的五〇年代白色恐怖之後，本省人與外省人有著嚴重的隔閡的年代，敢於忤逆世俗的價値，跟一個貧窮的、居無定所的外省軍人爲愛「私奔」；那是需要極大的勇氣的。那麼，她所要面對的這樣那樣的異樣眼光與現實壓力，自然就鍛鍊出來她那不同於一般台灣女性的「堂堂亮亮」的大氣吧！

反戰救孩子演唱會

從三湖店仔街穿越將軍山，趕抵苗栗市巨蛋體育場前的「青春廣場」。「反戰救孩子演唱會」還沒開始。這場演唱會是我們接受一些熱情支持者的建議，特別在選前的週末夜舉辦的重要的造勢活動。相較其他活動，演唱會所需的經費是龐大的；因爲夏潮聯合會梁大哥個人的全力支持，我們才敢辦這麼一場不是我們的財力辦得起的造勢活動。

冷風颼著。舞台下坐了近百名民眾。我因爲人數太少而感到失望。一個辦公室就在廣場對面的記者安慰我說：不錯了啦！在這個廣場所辦的活動，你們這場演唱會算是我看過人最多的一次了。

不久，耀眼的舞台燈光亮了起來。專程從台北下來爲我們主持這場演唱會的尹乃菁，走到舞台中央的聚光處，以她亮麗大方的台風拉開序幕。於是教練樂團、黑手那卡西樂團、硬頸樂團依序登台演唱。

這些商業體制外的樂團，都是響應演唱會總策劃林強的號召，前來共襄盛舉的、認同「反戰救孩子」理念的年輕人。

林強？是的，就是十幾年前以一曲〈向前走〉風靡全台、近幾年卻很少公開露面的著名

上／《幌馬車之歌》中的青年鍾浩東（左一）與台北高校同學
下左／鍾浩東（右二）與蕭道應（左一）
下右／蕭道應夫婦

歌手林強。

認識林強，是在一九九五年，侯導將《幌馬車之歌》改編、拍攝電影《好男好女》的現場。他演男主角鍾浩東；我被侯導拉去客串，飾演偕同鍾浩東、蔣碧玉夫婦投身大陸，參加抗日戰爭的蕭道應醫師。印象中的林強，話不多，對事有自己的看法；彼時，在流行歌曲市場還是火熱的他，卻是非常厭惡無聊作秀式的商業宣傳活動。就是這樣的林強，拍片的空檔偶爾會主動找我討論電影的故事背景，以及由此衍生的資本主義與社會主義的問題。聽說，他後來還一度參加了同樣客串演出基隆中學老師們的東海大學人間工作坊學生的讀書會。

在台灣的歌壇，像這樣的流行歌手可說是前無僅有的異類吧！

其實，以我和林強的交情是不可能讓他下鄉，義務幫忙策劃這場演唱會的。一切還是託侯導之福吧！

就在上個星期，林強就已經爲了這場演唱會而專程下來苗栗，勘查青春廣場的場地。向來不喜歡跟媒體打交道的他，還是爲了我們選戰的造勢需要，在競選總部召開了一場有關「反戰救孩子演唱會」的記者說明會。在會上，他說明了這次來苗栗支持藍博洲的原因。

林強表示，他從來不參加任何政治或選舉活動，這次站出來幫藍博洲助選，還是他這輩子的第一次。爲什麼呢？一個少女時候非常崇拜林強的女記者好奇地問。他回答說，看到許多藝文界的朋友站出來支持作家藍博洲，很受感動！他想，台灣社會都爛到這個地步了，作爲音樂人的自己也不應該再沉默了；於是當民主學校校長侯孝賢導演找他幫藍博洲助選時，就義不容辭地跳下來了。

演唱會在認同反戰理念的林強策劃下，沒有辦成時下一些流行的、媚俗的演唱會；他找

鋼琴家黎國媛用優美的琴音表達反戰理念

來的幾個搖滾樂團，都用不同的樂曲表現了反戰的理念。除此之外，我們邀請的排灣族歌手達卡鬧、泰雅族歌手雲力思，以及再次登台的鋼琴家黎國媛教授，也都分別以他（她）們的歌聲或琴音，在閉塞的苗栗，共同創造了新的、有內容的選舉文化。

山風颳得愈來愈強。愈晚愈冷。在樂音中，鄉親們卻愈冷愈 high。

在冷風吹襲下，最後登台講話的我，終於向台下仍沉浸在迷人的樂音中的鄉親們開出了參選以來的唯一支票。我說，選後，我們絕對不搞那種鳴炮擾民的遊街謝票；「如果我高票當選的話，一定再辦一場像這樣有水準的音樂晚會……。」

【民眾的聲音】

寄件者：瑞鵬

主　旨：讓我這一票能驕傲的投下去

原本以爲這個社會，會是一直在進步的。所以，對於之前的政壇亂象，我總自我安慰：「耐心點，經過成長期陣痛後，民眾是會覺醒的，政客終將無立足之地而被淘汰。」可是膽大妄爲的三一九槍擊案之後，反對黨的無能，知識界的噤聲不語，傳媒的奉承和愚昧，是非不分的「死忠」支持者，卻讓政客更形囂張，沉默大眾更感無力。看到這種情形，眞教人擔心台灣將會如何的墮落下去。

所幸！在黑暗中，台灣民主學校願意點起一把火炬，讓苦悶的中間選民有些希望。感謝！在這種政治環境，藍博洲先生還願站出來，讓我這一票能驕傲的投下去。

這些話，我不要悄悄告訴他，我要大聲告訴他。

感謝你們所做的這一切。

十一月廿七日◉淡淡的火苗

開完工作檢討會議，已近午夜。回到五湖山村的居所，聽到周遭一片蟲鳴嘰嘰聲，突然心生一種久違許久的親切感。

在緊張忙碌的生活節奏中，於是特別懷念昔日悠閒自在的生活方式。

阿靈把早上晾曬、乾了又被夜露打濕了的衣裳收進屋裡。我兀自坐在門前台階上，遙望暗黑的夜空遐想。

今天，究竟做了些什麼事呢？整理一下思緒，比較重要的行程是：早上，竹南後援會成立；午後，在竹南鬧區掃街拜票，同時在火車站前做了一場十分鐘左右的街頭演講；晚上則到夜市進行「反軍購連署」及「賤賣李登輝」的講演活動。

竹南後援會，主要是由竹南、頭份、造橋和三灣地區十幾位五〇年代白色恐怖政治受難人組成的。他們都是過去十幾年來我採訪過的前輩，雖然白髮蒼蒼，行動不如過去靈便，可改造社會的熱情絲毫未減。

由於時間限制，只有三個代表上台講話；非常可惜！經歷過二戰和國共內戰歷史的他們一致強調：戰爭將給尋常百姓帶來無法想像的禍害，因此他們支持我所提出的「反戰，救孩子」的競選主軸。

最後，從台北趕來，原籍竹南后厝、繫獄十五年的陳傳枝老先生更寄望：我的參選能夠將「重建被背叛的民主」的星星之火，在苗栗縣境燎原。

長久以來，看到這些默默奉獻的老前輩們，總會讓我想起高爾基所說的革命者的兩種類型：一種是體現了革命的普羅米修斯精神的「永恆的革命者」；另一種則是在理智上接受了時代提供的革命的思想，但在感情上仍然是個保守派的「一時的革命者」。高爾基說：一時的革命者只考慮今天他們以病態的敏感感受社會上的委屈——別人給他帶來的痛苦；就其實質來說，他們不是社會主義者，而是個人主義者。但永恆的革命者沒有個人的怨恨，他總能超出自我，克服向給他帶來折磨和痛苦的人報復——這種渺小、惡毒的願望；他們是相信自己力量的謙虛的人，他們燃起淡淡的有時幾乎是看不見的火苗，照亮通向未來的道路。

竹南地區的老政治犯與工會幹部成立後援會

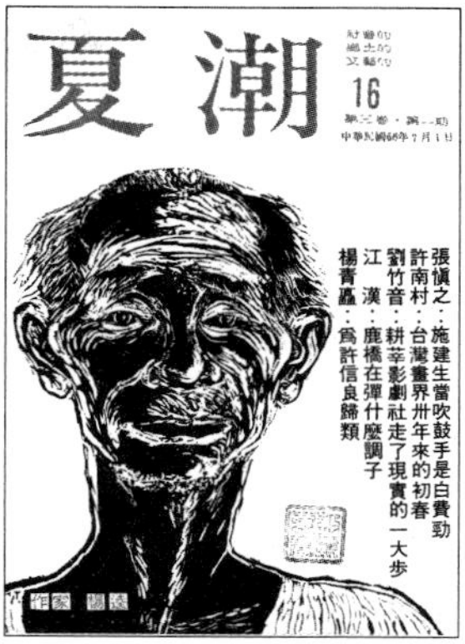

作為《夏潮》雜誌封面的楊逵

與此同時，這些老前輩們對競選團隊的厚愛與期望，也讓我想起抵抗的普羅作家楊逵的一句名言：「老幼相扶持一路走下去，走向百花齊放的新樂園！」

我相信：只要「淡淡的」火苗還在，這就不會是無法實現的夢想！

【民眾的聲音】

寄件者：葉芸芸（紐約）

主　旨：窗與鏡

九十年代中旬，偶然遇見來自華沙的艾達，她給我說過一個這樣的故事：

「過去，我們總是對著窗外指指點點，把我們波蘭人所有的不幸都歸罪於俄國老大哥。那窗子眞是個魔術師，我們只要輕輕打開它來，就可以把上自歷史上的所有不公不義，以至於今天生活中的不順心，統統發洩一番，甚至於添油加醋又發酵的，那窗子總是毫無異議照單全收。但是，自從柏林圍牆倒塌下來之後，魔術師的窗子，在一夜之間就變成了鏡子。從此以後，無論打開多少窗子，我們都只看見自己可憎的面貌。」

從華盛頓到台北，盡是開窗子把責任推出去的政客，我們太缺乏能照鏡子自省的政治家了……

當選與否，最重要的是你帶給選民一絲希望，特別是年輕人。

十一月廿八日◉政客的罪惡

星期日。

一整天都在母親的出生地公館鄉掃街、拜訪選民，並在廟口和市場進行街頭演講。母親的娘家就在館南村，已經過世的舅舅是老村長，老一輩的鄉民大概都認得他。

早上，在公館街上挨家挨戶發送文宣。當我發到五穀宮旁一家香燭店時，裡頭幾個坐在那裡喝茶、聊天的「歐吉桑」，熱情感人地要我坐下來，喝杯熱茶、歇歇腳。喝了一口茶之後，他們便主動表示：雖然很認同我的理念，可基於「泛綠過半」的憂心，他們的票還是不得不投給另一個早想唾棄的「泛藍」候選人……。

這樣的論點，已經不是第一次聽到了。如果任由這樣的社會心理發展下去而無力阻止，那將形成我最憂心的「藍綠對決」的大氣候。雖然客觀形勢並不是我個人能夠扭轉的，針對他們的議論我還是立即有理有節地陳述了我的看法。

我跟他們說，「泛綠」過半，台灣一定亂；「泛藍」過半，又能怎麼樣？長久以來，「泛藍」不是一直都過半嗎？可它有能力制衡陳水扁一意孤行嗎？至於苗栗縣的所謂「泛藍」立委們，你看他們曾經批判過「泛綠」政權各種有違大是大非的言論與政策嗎？他們平常不讀書、不看報，對國內外形勢完全沒有概念；只知包工程、拿回扣。這樣的「泛藍」即便再過半，又豈能奈何鴨霸的阿扁政權？……

辯論進行了有十分鐘之久。他們一再表示：你說的，我們都懂，可爲了顧全「大局」，我們這次還是不能選你；雖然痛苦，卻也不得不如此！你下屆再出來，我們一定選你。

我笑笑說：「沒有下次了……。」

出來之後，我立即撥打手機，召回已經開到路口的宣傳車，停在五穀宮廟口，然後跳上宣傳車，面對廟旁市場上熙來攘往的人潮，針對剛剛那場辯論的話題，作了十分鐘左右的街頭演講，呼籲鄉親走出非藍即綠的政治迷思，共同開創苗栗政壇的新氣象。

這種直接面對群眾的街頭演講，吸引了一些民眾的駐足聆聽。當我講完以後，旁邊一個開著小發財車賣水果的小販馬上遞給我一瓶礦泉水，表示支持鼓勵。

儘管如此，我的情緒還是有點感傷。

下午，在公館鄉繼續拜訪選民。碰到幾個在市場擺攤的歐巴桑，她們都跟家人誇讚我早上的演講講得很好。可我可以預料，如果「藍綠對決」的大氣候形成的話，像我這樣的「第三勢力」候選人勢必被擠到邊緣。

我想，政客的罪惡就是不但不能讓他的選民對未來有所希望，而且還要阻止他們前進。

這是今天掃街「拜票」的最大感慨。

【民眾的聲音】

寄件者：老巫

主　旨：政客一定骯髒

科技日新月異，一日千里，但人性從未進步；政客一定骯髒，還好有良心的藍博洲。

我支持你，加油！

十一月廿九日

眷村

一整天都在進行最後一輪的掃街拜票。早上在三義鄉，午後則從苗栗市郊的大坪頂社區轉入苗栗市龜山橋頭到水源里一帶的眷村。

怎麼也沒想到，昔日熱鬧、充滿年輕人身影與聲音的偌大的眷村，今日竟然如此冷清、寥落。

這是今日午後四、五點，在原聯勤被服廠後頭那片苗栗最大的眷村——明駝新村「拜票」時所目睹的滄桑。

早在不知幾年前，被服廠就已被地方法院新蓋的大樓取代了；那支高聳入天、作爲地標的煙囪，也已在天際消失了。這裡，剩下的只是零零落落的人家，偶爾才見到的幾個坐在門前曬著西落殘陽的老人，以及因爲「觸景生情」而浮現腦海的我小學和中學時的記憶了。

我突然記起在小學同學楊君家生平第一次喝到冰開水的滋味；想起國中時暗戀的那個忘了名字的女孩家的紅色大門；想到高中時在那座如今停了幾輛扯了車牌的廢棄汽車的籃球場上鬥牛的情景……。

可如今，當我以苗栗縣立委候選人的身分重回這個眷村時，觸目所及卻是一片衰老、死寂的景致；就連昔日處處可聞的麻將搓牌聲，而今也沉寂了。

我試著向一位老先生打聽幾個昔日同學的家庭情況，但一問三不知！老先生還說，這個眷村明年就要全部拆遷了。問他政府將把他們安置何處？他牽動衰老的臉皮，苦笑了一下，揶揄地回說：「那你就要去問我們寶貝的政府囉！」

夜色漸漸暗了，路燈未亮，走在這座仿如鬼城般的眷村巷弄裡，心裡想著：我那些不同時期的眷村兄弟們，如今人在何方？

路有多長

深夜回到家，看到小湯於下午四點四十分，發來的一封電子郵件；主旨是「路有多長」。小湯就是以《山有多高》獲得金馬獎最佳紀錄片導演的湯湘竹。他寫道：

藍波兄：

那夜，聽完你辦的「反戰，救孩子」音樂晚會，從苗栗回家後，心裡有很多感觸；尤其是聽到你用客家話「理直氣壯」的演說。或許是我之前的人生過於「猥瑣」才被震懾住了吧。最近，工作的需要，接觸了一些白色恐怖的受難者；他們有如黑洞般的生命重量，讓我久久不能自拔。之前在書籍研讀到的活生生的當事人在你眼前，簡直是一次從未經驗過的「震撼教育」。

想到武貂兄說的，寫作是你整個生命投注的事業。而你以此爲題材，眞是條崎嶇而勇敢的路。小弟在此向你獻上誠摯的敬意。

「路有多長」應該是要給你的。也感謝你容忍小弟多次在酒酣耳熱時幼稚的胡言亂語。

初見小湯，是一九九四年十一月十四日，侯導的電影《好男好女》在八里雲門舞集排練場開鏡那天。當時，他是錄音師杜篤之的助手之一；我也因爲客串其中一個角色而在現場。拍片的空檔，他刻意走近在角落抽菸的我，點起一根菸，然後一邊抽菸，一邊略顯靦腆地向我表示他讀了《幌馬車之歌》以後的感動……。同樣害羞的我也靦腆地應答著他的感動。後來，只要有我戲份的時候，我們總會利用空檔一起抽菸、閒聊。

後來，也不知是幾年過後，通過我們共同的朋友武貂兄（目前在上海經商）的安排，我們一起邊喝酒邊看他剛完成的第一部作品《海有多深》——一部關於蘭嶼達悟族的紀錄電影。因爲酒精所起的釋放作用，那夜以後，我倆才算眞正熟絡起來。後來，看了他以自己父親返鄉（湖南）探親爲題材所拍的第二部紀錄電影《山有多高》，對他的電影才華與熱情才有了比較深刻的認識與敬佩。再後來，偶爾北上的時候，又經常在「巴黎公社」與他邂逅，飲酒談天，直到窗外天色濛濛亮。

《路有多長》，據小湯自己說，是要拍那些因爲國共內戰而回不了家的在大陸的台灣人和在台灣的大陸人的故事。他找我談過，我也盡我所能地提供了一些人物線索；如此而已。我想，就像我跟他說過的，他的三部曲觸及了台灣社會最核心的社會矛盾，意義非凡；問題只在於能不能看透矛盾的本質，加以審美地呈現而已。我相信，他一定會如同當年的我一樣，在採訪的現場受到民眾的教育，進而提高自己的思想視野。

路，其實也沒有多長！

【附錄】

沒有人注意到她們

林霊

今天到銅鑼夜市，洲先在夜市裡「開講」，然後在夜市外頭「賤賣李登輝」。

我如前幾次那樣穿掛著「請支持反戰救孩子5號藍博洲」的三明治牌子，站在人潮進出的夜市出入口；面對往來群衆的好奇眼神，我一點都不害怕、害羞，因爲我心裡篤定地知道自己是在做件很神聖的事情。

一位婦人騎著腳踏車過來，對我說：「辛苦了，看到你這樣，我都很佩服……。」她是我當家庭主婦時懶得開伙，經常光顧的麵店老闆娘。我回答她，說：「爲了下一代，我這樣不算辛苦。就像妳每天起大早到市場買菜，然後整日守在鍋爐前辛苦地賣麵一樣，都是爲了給下一代有好日子過啊！我們的目的是相同的，只要下一代好，就不算辛苦！」她不好意思地笑了笑，就說要去我們的行動書房買書。

過了一會兒，今天才遠從高雄上來幫忙的鳳珠走到我身旁陪我，我們聊了起來。她說，她看了我寫的文宣，很感動。我突然覺得心虛，於是向她表白：「我從來都認爲自己是幸運的。因爲我先生的成就，所以別人會注意到我的付出，覺得我很與衆不同。其實更多更多爲家庭爲小孩犧牲、付出了更多的婦女，卻永遠沒有聲音，沒有人注意到她們的困難……。」

我一邊說著，一邊看著眼前幾個帶著孩子逛夜市的婦人家臉上冷漠的表情，我有些悲傷。

「女人只守著自己的家庭，顧好自己的小孩是不夠的。畢竟家庭的美滿和社會的正義與否是脫不了關係的呀！」我想。

【民眾的聲音】

寄件者：小琪

主　旨：我會幫你拉票的

Hey! 你怎麼跑出來選立委了啊？哈哈！不太像你的 style。

你現在一定很奔波吧！加油！我支持你。

一些建議：

Well! 寫日記的方式很不錯。我覺得不僅有創意，而且更容易讓人了解你。

不過啊！身爲一個選舉人，我更會想知道：當你選上後，問政的具體步驟和目標。或許，這個部分你可以考慮再加強一下。

加油！加油！

我會幫你拉票的。

十一月三十日◉市場口

南苗市場是苗栗市最大的傳統市場，裡頭座落著城隍廟、天后宮和文昌祠，米市街和博愛路貫穿著，一共有五個出入口。

這是苗栗市民生活的中心地。長久以來，人們都在這裡買菜、拜拜。這裡也是我充滿記憶的場所。我記得，市場旁邊中山路上那家專賣肉圓和肉羹的小吃店；在城隍廟戲台下看大戲的情景；舊天后宮廣場前那幾攤客家小吃……。一直到現在，我都可以在裡頭巷弄間隨便穿梭，不致迷路。

可我怎麼也沒想到，今天早上，我竟會在這裡的幾個出口，分別用客家話作了三場，各二十分鐘的街頭演講。

有人說，先知在自己的家鄉總是寂寞的！我不是先知，也不會感到寂寞！

就像先前一個署名「爲了孩子的母親」所發來的電子郵件所云：「我也有個女兒，當您爲救孩子出來競選時，讓我覺得社會還有一絲希望，讓我養女兒養得有信心一點，拜託您了！是我給您拜託，加油！」講演的當下，我也從那些攤販和提著菜籃買菜的婦女們認眞聆聽的神情中，得到了共鳴的喜悅！

我想，他們是認同我「反戰，救孩子」的理念的！

因爲這樣，我和故鄉，以及鄉親們又更加貼近了。

【附錄】好人

林靈

早上到南苗傳統市場，洲繼續他的「街頭開講」，我和幾個工作人員沿路發送文宣。

南苗市場就在婆家附近。我在這個市場穿梭買菜已經有十幾個年頭，看著賣豬肉的攤子從父親傳到兒子手上，然後兒子娶了妻子來幫手，現在他的妻子懷了身孕，我想，過不久，攤子旁就會多了一部娃娃車。可是，再過來呢？台灣會怎麼變化？

總之，我們是絕不能聽天由命的了！

我盡我的努力把文宣送交到民衆手上，期待他們從那些簡要的文字裡找到認同，進而做出有利於他們未來的選擇。但是，當我轉身背對他們準備離開時，我眞正擔憂的卻是他們把我們「反戰救孩子」的文宣扔進垃圾桶裡。我那時的心情是：「你可以選擇放棄被解救，但是你不能糟蹋了想救你的人。」可惜的是，這個社會上說眞話的人太少，虛假的人卻不少，大家都怕得罪人。

不過，我很高興今天總算讓我碰到一個「好人」。他是一家五金行的老闆。看他一臉的嚴肅與認眞，站在店門口聽洲的講話，我如獲知音般開心地要把文宣遞給他，孰料他竟揮手拒絕，帶著有些遺憾的口氣，溫和地說：「不要不要，理念差太多了，你不要浪費了你的文宣。」我聽了差點跳起來——欣喜地。

賣菜的歐巴桑認真看著文宣

我一直向他點頭致意，說：「謝謝你，謝謝你，像你這樣的人最好了！」

等到洲講話結束，我們都上了宣傳車準備離開時，我看到那人還站在他的店門口，一臉的困惑。我猜想他一定被洲的參選搞糊塗了——怎麼一個研究二二八暨五〇年代白色恐怖歷史調查寫作的人，會反對李登輝和陳水扁，反對軍購和台獨呢？

唉！一群可惡的政客把人教得都弄不懂怎麼樣才是愛台灣的了……。

十二月一日

誓師

今天是選舉正式開跑的第一天。

按照慣例，所有的候選人都會在這一天盡出奇招來取得造勢和媒體宣傳的效果。我們不能免俗又不願從俗，於是在人力物力都不如人的條件下，決定採取「以小搏大」的戰術，爭取最大的宣傳效用。

我們設計的活動主題是：羅福星乘願再來——藍博洲發揚客家人的抗爭精神。

早上九點，競選團隊的所有夥伴，從台北、台中趕來助陣的青年朋友，以及分別從苗栗縣十八鄉鎮趕來的五〇年代白色恐怖的政治犯前輩們，再次聚集在貓狸山公園的羅福星銅像前，舉行選戰正式開打的誓師大會。

誓師大會由振國主持，當他宣布：「苗栗縣立法委員候選人藍博洲參選誓師大會現在開始」後，工作人員隨即點燃擺置在銅像前的廢棄的炒菜鍋裡頭的火種。來自竹南鎮、繫獄二十五年的白色恐怖政治受難人代表林金城先生向羅福星銅像行三鞠躬禮後點燃了火把，然後將火炬傳遞給我。與此同時，其他十八位老一代政治受難人也同時點燃手中的火把，傳遞給象徵苗栗縣十八鄉鎮的十八位青年代表。通過這種薪火相傳的儀式，宣示客家人的抗爭傳統將在十八鄉鎮代代相傳、永不熄滅的精神。

然後，我高舉手上的火把，面對羅福星銅像，宣讀〈羅福星乘願再來——藍博洲發揚客家人的抗爭精神〉的參選誓詞。

誓詞重點指出，一些抱持「大福佬沙文主義」的福佬人經常輕蔑地諷刺：客家人沒有抗爭精神，大多保守、膽怯、馴迎權力、附庸政權；是不符合歷史事實的偏見。自丘逢甲以降，吳湯興、徐驤、羅福星等客籍知識分子紛紛在不同時期以武裝行動反抗日本帝國主義的殖民統治；之後，不管是以農民鬥士劉雙鼎爲代表的日據時期農民運動，或是以江添進、黃逢開等犧牲先烈爲代表的五〇年代白色恐怖時期，無以數計投入革命行動的苗栗客籍先輩也都遭到逮捕、判刑、入獄的報答，這些史實都再再說明苗栗地區的客家人有著不滅的「抗爭精神」。作爲客家子弟的我這次出來參選，誓將繼承並發揚這股客家人的抗爭傳統，爲「重建被背叛的民主」，更爲了「反戰救孩子」，效法羅福星等客家先烈拎著頭顱幹革命的精神，走出書房，走向群眾，走進立法院……。

參選誓師活動

上／在羅福星銅像前舉行誓師大會

下／在街頭發揚客家抗爭精神

最後，全體人員在振國帶領下高呼：「發揚客家人抗爭精神」、「護送藍博洲進入立法院」的口號，然後陪我緩緩走下山，沿路遊街，回到競選總部，圓滿完成了整個誓師活動。

不公平的遊戲

午後，繼續下鄉，從事既定的競選活動。

傍晚，回到競選總部，看了地方電視台的整點新聞，我們在羅福星銅像前誓師的活動，只播了一分三十秒左右；可其他幾個財大氣粗的候選人，卻分別播了三、四則無關緊要、不是新聞的「新聞」，而且每則都是四、五分鐘以上。那些「新聞」如果不是花錢買來的，會是什麼呢？

選罷法規定，選舉正式開跑後，廣電媒體不得播出任何候選人的廣告。於是，所謂「新聞」，就成了變相的廣告；價錢也隨著播出長短與時段的不同而不同。這樣，誰有錢誰就有「新聞」。

我想，自從有了階級之分，人類社會

苗栗客籍先烈黃逢開的弟妹及其遺照

就不是平等的。

所謂「民主選舉」，它的遊戲規則一直就是握有權力的統治階級主導掌控的。很長一段時期，繳不起所得稅的窮人及婦女，都沒有投票權。今天的台灣，雖說年滿二十歲的公民，每人都有神聖一票的投票權；可在選舉，這個政治、經濟集中表現的競技場上，它的遊戲規則還是爲富人服務的。

就拿選舉經費來說，按照選罷法的規定，苗栗縣選舉區的最高上限是七百四十四萬八千元新台幣；可就苗栗縣幾個長期把持地方政治、不分藍綠的候選人的排場來看，哪個不是花了上億以上呢？我就親眼在地方電視台看到，某個國民黨候選人公開宣稱：他的競選總部，一天就要吃掉一千五百個便當。如果以一個便當五十元、七十天來計算，那麼，整個競選期間，光是便當錢，他至少就要花掉五百廿五萬元。這已經遠遠超過我們的競選經費了。

媒體原本是負有監督責任的。然而哪家媒體不是爲了商業利益而爲特定的候選人宣傳呢？

我清楚地知道：往後十天，我一定會在這不公平的遊戲中被消音的。

因爲這樣，我想，我的選舉結果更能正確地標示：苗栗縣的社會良知還有多少吧！

羅福星乘願再來──藍博洲發揚客家人的抗爭精神

「彈丸如雨砲如雷，喇叭聲聲戰鼓催，大好頭顱誰取去，何需馬革裹屍回。」

這是客家先烈羅福星就義之前所作的獄中詩。它具體地反映了硬頸的客家人的抗爭精神。

客家人是膽怯的「義民」嗎？

早在上個世紀八〇年代初期，在台北就讀輔仁大學的藍博洲便投身參與了黨外民主運動。那段時期，他經常聽到一些抱持「大福佬沙文主義」的福佬籍黨外人士輕蔑地諷刺說：「你們客家人沒有抗爭精神，大多是保守、膽怯、馴迎權力、附庸政權的『義民』……。」

藍博洲知道：從大陸原鄉移墾台灣的歷史過程中，台灣的福佬人與客家人，有過無數次因爲經濟利益的衝突而形成的械鬥；歷史的傷痕使得那些無知的人抱持這樣的族群偏見。

作爲苗栗的客家子弟，藍博洲對這種無知的族群偏見當然不服氣。他想，主觀的偏見並不能成爲歷史的事實；台灣客家人的政治性格究竟如何？顯然還得通過台灣民眾抗爭史的研究，才能得到比較接近客觀事實的認識。他於是開始調查、研究從一八九五年台灣割日起到一九五〇年代白色恐怖期間客家人的抗爭史實，並通過書寫〈台灣客家人的歷史戰歌〉，重建客家人堅定、徹底及進步的戰鬥形象。

客籍士紳丘逢甲首揭抗日義旗

一八九五年，台灣割日。

五月廿五日，出生於本縣銅鑼鄉雙峰山區的客籍士紳丘逢甲首揭義旗，率領有志紳民謁請台灣巡撫唐景崧，共組「台灣民主國」，發表「抗日宣言」，以期「各國仗義公斷，能以台灣歸還中國」。

五月廿九日下午，日軍主力近衛師團第二聯隊從三貂灣澳底與鹽寮一帶登陸。六月四日，唐景崧潛逃廈門。六月七日，鹿港福佬籍台北浪人辜顯榮引導日軍先頭部隊進攻台北城。丘逢甲聞訊，急調台中義勇軍馳援，但行至中途，台北已被攻陷。

日軍接著在大砲掩護下進攻主要是客家人居住的新竹地區。丘逢甲率領義勇軍在新竹一帶與日軍大戰。

據日本征台文獻記載，相對於兵不血刃地攻佔台北城，日軍卻在今三峽、大溪、中壢、龍潭、新竹、大湖一帶的客家庄，遭到武器粗陋的民眾武裝游擊的強悍抵抗；其中包括無數客家婦女也參加戰鬥，犧牲戰場。樺山本部大爲震驚。

嘉義陷後，義勇軍統領丘逢甲終因義勇軍餉缺糧絕，孤立無援，在「宰相有權能割地，孤臣無力可回天」的悲痛慨歎下黯然離台。

吳湯興戰死八卦山之役

吳湯興，字紹文，銅鑼鄉人，「性頗聰慧，有卓見；孜孜於學，弱冠小試，即進秀才。」台灣割日，滿懷憤慨，由故舊丘逢甲引見唐景崧，得義民統領關防；返鄉後便糾集鄉壯丁，成立「新苗軍」，駐守大湖口，力禦日軍炮火，終因牆破而退。

日軍攻取新竹城後，吳湯興爲救援其他抗日游擊武裝，而與姜紹祖、徐驤、楊載雲所部客家游擊軍合攻日軍所據之新竹城，激戰後仍不分勝負，於是退出城外，打游擊戰。其後在日軍強大兵力進逼下退守大甲溪以南。

八月廿七日，在八卦山之役，吳湯興「手一槍，束褌草履，麾義民出禦」而戰死。因他和所部的屍體都叢葬在荒山之中，後代詩人遂有「累累叢葬磺溪路，策蹇荒山未忍過」的感慨。

年僅廿六歲的夫人黃賢妹，在家鄉聽到吳湯興的死訊後，隨即上吊死節；雖被救起，仍絕食死殉。

死而無憾的徐驤

徐驤是廣東嘉應州系統的客家人，先祖渡台時在頭份一帶種地。台灣割日，時年四十歲的徐驤號召鄉子弟，與吳湯興共組游擊抗日武力，爲「義民長」。同年六月，兵起頭份；然後轉戰大甲溪以南，無役不與，領導雲林、嘉義沿路客家抗日民眾，奮力抵抗八卦山之役後節節南進的日軍。十月十九日，終在曾文溪岸被砲擊陣亡。死時猶以「丈夫爲國死，可以無憾」爲言。

何需馬革裹屍回的羅福星

一九〇二年五月，世居阿猴街（屏東）的林少貓領導的反日義軍在鳳山後壁林一帶被殲滅；台灣人民反抗日軍佔領的武裝抗日游擊戰告一段落。

隨著滿清封建王朝的腐敗無能與孫逸仙領導的資產階級民主革命在大陸蓬勃展開，辛亥革命前後，殖民地台灣也先後爆發了十二次反對日本殖民統治的反日民族起義事件。台灣的客家系漢人不但沒有在這個階段的反日鬥爭中缺席，其中，以客家人為主，一九一三年羅福星領導的苗栗起義，更是規模和影響較大的事件；它不但具有現代反日民族主義的思想，而且將台灣的反日民族鬥爭與中國大陸的國民革命互相連結起來。

羅福星，原籍廣東嘉應州鎮平縣。一九〇三年隨祖父來台，居住在今苗栗市福星里一帶，並入苗栗公學校（今建功國小）就學；一九〇六年退學，復歸故里；其後加入孫中山領導的同盟會，參加革命。

一九一二年，羅福星與十二位同志潛回台灣，以苗栗為中心，密謀舉事抗日。因事跡不密，第二年十二月十八日在淡水被捕；牽連被捕者一共九百廿一人。羅福星雖然飽受酷刑，始終不屈，終於一九一四年二月被判死刑，並於三月三日，在台北監獄的絞首台泰然就義。

農民戰士劉雙鼎

台灣民眾反日的「武鬥」階段在一九一五年「西來庵事件」後結束。一九二一年十月，台灣進步知識分子和開明士紳組成最初的全島規模組織——「台灣文化協會」，有計畫地推動文化啟蒙運動。台灣人民的反日鬥爭進入以現代文化、思想和社會運動進行的「文鬥」階段。

從史料上可以明顯地看到，在台灣社會中廣泛地分配在「佃農．傭工」階級的客家人，在文化協會以降的右翼運動的政治光譜上，的確是相對地黯淡無光；然而，在左翼的、台灣人民階級的抗日民族解放運動重要環節的「農民組合」中，客家系貧困農民與進步知識分子卻留下令人驚歎的、英勇鬥爭的事蹟。其中，大湖鄉年輕的農民戰士劉雙鼎更是典型。

一九二九年十一月，劉雙鼎扛起重建農民組合「大湖支部」的歷史任務。第二年，他又進一步接受屬於文協左翼的苗栗街客籍知識分子郭常的指導，展開各種組訓和潑辣的農村鬥爭；「大湖支部」成爲貧窮山村中佃農抗爭活動的核心。

一九三一年，劉雙鼎響應在三灣庄永和山，正式建立「永和山支部」。「九．一八」事變勃發後，農組認爲，帝國主義侵華戰爭和中國人民反侵略戰爭的發展，勢必促成台灣人民抗日民族解放鬥爭之勝利；「永和山支部」也受命在中日戰爭深化時刻發動武裝蜂起。然而，隨著日本侵華戰爭的發展，日本特務機構對農組的鎮壓也相應加強。一九三二年三月，郭常被捕。在一片白色恐怖氣氛中，劉雙鼎仍然無畏地繼續活動，準備武裝蜂起；最終在九月被捕。

劉雙鼎落網後，日本特警在新竹州各客家庄展開全面徹底的搜捕，前後計有百餘名客家農民牽連入獄。一九三三年八月，郭常獄死；第二年（一九三四年）十月，劉雙鼎也在嚴酷的刑求下瘐死獄中。

白色恐怖期間的客家鬥士們

一九四五年八月，日本戰敗，台灣重歸中國。

一九四八年後，國共政治鬥爭在台灣蔓延。苗栗地區客家貧農與進步知識分子毫不猶豫地投入反對國家內戰的「新民主主義運動」，並且作出重大的貢獻與犧牲。

一九四九年，國民政府頒布「懲治叛亂條例」及其他反共肅共條例，並宣布全島軍事戒嚴。五月一日，以全島戶口總檢查之名發動第一波搜查、逮捕與拷問行動。苗栗地區無以

羅福星乘願再來
藍博洲發揚客家人的抗爭精神
為了「重建被背叛的民主」
更為了「反戰救孩子」
藍博洲決定效法羅福星等客家先烈的精神
走出書房，走向群眾，走進立法院

「羅福星乘願再來」文宣品

數計的民眾陸續遭到被逮捕入獄的厄運。

據《安全局機密文件》所載，一九四九年到一九五四年的「五〇年代白色恐怖」期間，苗栗地區客家民眾的受害案件至少包括：鐵路組織案、竹南區委會案、苗栗油廠案、銅鑼支部案、苗栗治安維持會案、台盟竹南支部案、社會主義青年大同盟案……等幾個大案。據非正式估計，此一時期的政治犯中，苗栗地區的客籍人士就占了絕大多數。

一九五〇年全面肅清展開之後，大量的苗栗客家先進們仍然在三灣、南庄、獅潭、大湖、銅鑼、三義、西湖、頭屋等地山區，一面抵抗圍捕的特警，一面進行堅決的鬥爭，直到援絕被捕而就死。其中著名的犧牲鬥士包括：三灣鄉的江添進與黃逢開，銅鑼鄉的徐慶蘭，三義鄉的羅盛鼎等卅幾名。

非藍非綠的歷史戰歌

綜觀台灣史上苗栗地區客家人抗爭運動所表現的政治傾向，階級性至爲明顯。

從滿清割台、日軍登陸以來，丘逢甲、羅福星除外，客家民眾的抵抗運動鮮有鄉紳士大夫地主階級的領導，大多皆爲貧困農民的蜂起；因此，其決心、義氣、勇氣、堅定性、徹底性及進步性也高。譏嘲客系台灣漢人是「保守、膽怯、馴迎權力、附庸政權的義民」，揆諸史實，誠爲不足爲訓之偏見。

就語言的腔調而言，台灣的客家話的確有所謂四縣、海陸、詔安……等不同腔調之分；但是就社會構造而言，台灣客家社會內部之眞正區分應該還是階級之別。語言的腔調不同並不能妨礙同一階級的人們互相溝通；但是，階級屬性的不同，卻總是讓同操某種腔調語言的人們，互為陌路，乃至對立。

就世俗的顏色論而言，光復以來，台灣客家主流社會的封建大老們，在色譜上一直都是藍色的；近幾年來，隨著政權的易位，附庸綠色政權的客家大老已成爲台灣客家社會新的主流代表。然而，歷史告訴我們，除了附庸藍色或綠色政權的義民之外，以工農階級爲主的廣大客家民眾，向來高唱的卻是非藍非綠的歷史戰歌！

發揚客家人的抗爭精神

基於這樣的歷史認識，大學時期即參與黨外民主運動，並先後投入工黨與勞動黨建黨工作的藍博洲，在歷經幾代人拋頭顱坐黑牢的犧牲而勉強取得的所謂「民主政治」的選舉遊戲規則被兩顆子彈毀於一旦的現實情況下，毫不猶疑地接受了國際級電影導演、台灣民主學校校長侯孝賢的徵召，爲「重建被背叛的民主」，更爲了「反戰救孩子」，決定走出書房，走向群眾。

藍博洲希望，通過他的參選活動能夠發揚客家人的抗爭精神，揚棄長期阻礙地方進步的分贓的派系政治；最終能夠在有社會良知的選民的支持下，開創苗栗新政治。

【附錄】

不只是一尊孤伶伶的銅像

林靈

今天是法定選舉活動開始的第一天。

洲和總部幫忙的朋友們在羅福星銅像前，以「發揚客家抗爭精神」爲主題，辦了一場由老政治良心犯傳遞象徵客家先烈們抗爭精神的火苗給年輕世代的誓師大會。

由於這場活動，我才眞正理解到：當年，地方政府因爲媚俗的「本土化運動」而把福星山公園改名爲貓貍山公園時，洲爲什麼會那麼氣憤了。原來，羅福星是以武裝行動反抗日本帝國主義，意圖光復台灣不成，遭到絞刑犧牲的烈士。

只有在黑暗中，才會感覺光明的重要。

想起十幾年前，我第一次到苗栗，洲便領著我到羅福星銅像前，爲我介紹他心目中的英雄，可我當時只是陶醉在漫步綠蔭的戀愛氣氛中，對於「銅像」只有「理所當然」的尊敬，絲毫沒有探究明白的興致。

幾年後，我們帶著孩子回婆家住了一段時間。我們幾乎每天下午都帶著孩子，在羅福星銅像上方的遊樂區溜滑梯嬉戲，那時候，對那尊銅像，我還是視若無睹。

如今，我的孩子已經長成，就要上高中了。他的歷史課本已把日本「據」台改成了「治」台；再過不久，他極有可能就要面臨他的阿公曾經是「日本人」的歷史教育。那麼，羅福星這些爲了光復台灣的抗日烈士，不就全成了該死的亂民了嗎？

我很敬佩五〇年代白色恐怖中繫獄幾十年的政治良心犯，他們在白髮蒼蒼、身軀衰弱的狀態下，仍然不辭辛勞地站出來，爲追求社會正義的事業建立了模範；我也佩服那群不願跟隨時髦潮流的年輕學子，他們勇敢地從前輩手裡接下了傳承的火把。當然，我也要感謝爲了這樣的理想而長期辛勤地勞動著的洲。

我相信，日後，當我面對羅福星銅像時，他不會只是一尊孤伶伶的銅像了。因爲他的抗爭精神已「乘願再來」。

【民眾的聲音】

寄件者：Celevi

主　旨：運動的火苗已在蔓延中

朋友，別氣餒！

運動的火苗已在蔓延中！

我會在網路上狂發訊息的！

祝福你！

十二月二日

下戰帖

從一開始，競選團隊就有一個共識：向選民正面宣傳我們的政治理念，不跟其他候選人作互相攻詰的惡性宣傳；儘管我們清楚知道：「捉對廝殺」，對一個像我這樣地方知名度不高的候選人，是能夠起到拉抬選情的作用的。基於這樣的自制，對所謂泛綠陣營的候選人，我們一直採取「打狗打主人」的戰術，只對李登輝、陳水扁、杜正勝等人不當的言行採取批判抗議的言論和行動，而不理會個別候選人。

但是，今天，面對軍購與反軍購這樣大是大非的議題，我們卻決定一改原來的方針，主動向不久前才加入民進黨的陳姓候選人下戰帖。

早上，在苗栗縣選委會舉辦的第一次電視政見發表會上，藍綠兩陣營的不同候選人紛紛利用這個舞台，向敵對黨派或同陣營的候選人展開明批暗鬥的交火。儘管如此，我還是一本初衷，用客家話向選民介紹自己的出身、參選動機及反台獨、反軍購、反內戰的主要政見。

回到總部後，中央廣播電台的一個女記者進來採訪。她表示，她剛從隔壁某一國民黨候選人競選總部走過來，在那裡看了我發表政見的電視轉播。「講得很好！」她說：「我還親眼目睹一位八十幾歲的老先生，頻頻對你的講話內容拍手叫好……。」

第一次電視政見發表會

女記者走了之後，哲元告訴我，排在我下一順位發言的民進黨陳姓候選人點名批判了我所提的反軍購的政見。他隨即把那段電視錄影播放給我看。

陳姓候選人公開表示：基於「毋恃敵之不來，恃吾有以待之」之理，他個人絕對支持軍購案；同時點名批判說，藍先生是個作家，所以秉持作家對人的關懷，提出「反軍購」的政見，但是政治是現實的……。

執政的民進黨支持軍購案是眾所周知的。我想，在只能單方面發表政見的公辦政見會上，如果陳姓候選人或其他綠營候選人只是陳述自己的立場的話，我們也就尊重其各自表述的言論自由，不主動挑釁。現在，他既然針鋒相對、點名批判了，爲了讓廣大的選民了解彼此政見的不同之處與孰是孰非，我們就不能不向他下戰帖，邀請他就軍購與反軍購的大是大非，進行公開辯論。

因爲事忙，哲元於是主動承擔書寫戰帖的任務。下午出門前，哲元把寫好的辯論邀請書讓我和振國過目。我們討論後，在文辭上作了些微的修改。

陳XX先生惠鑒：

今天，在公辦政見發表會上，陳先生公開提到對本人「反軍購」政見之不同看法。軍購問題，事關重大，也是苗栗鄉親和全台灣民眾共同關注的問題。本人競選的政見之一就是：「反對禍延子孫的六一〇八億軍購案」。正如陳先生所言，本人秉持作家對人關懷的立場，提出「反戰救孩子」的口號；但遺憾的是，陳先生卻認爲，本人並不理解「政治是現實的」道理。恰恰相反，本人正是從兩岸關係和國際政治的現實考慮，而堅決主張反對六一〇八億軍購案。

其實，你也知道，台海兩岸今天之所以面臨戰爭邊緣的局面，恰恰是你剛加入不久的執政的民進黨不斷推行台獨政策的結果。貴黨寧願充當美國圍堵中國崛起戰略的馬前卒，一方面不斷以台獨挑釁大陸，另一方面就只好不斷向美國購買武器，繳交保護費了。這不是把台灣人民往戰火裡推又是什麼？

雖然你知道我本人是作家，但是你可能不知道我寫作的題材主要是台灣近現代史（當然是中國近現代史的一環）；那麼，我可以告訴你，通過歷史研究，我本人深刻認識到，戰爭會給平民百姓帶來怎麼樣的嚴重傷害。古往今來的歷史經驗，難道就不是現實的政治嗎？我想，正因爲對歷史無知，忝爲執政者的貴黨領導當局才會目無天下蒼生，不求和平解決歷史遺留下來的兩岸問題，卻一昧挑釁求戰；而你也不知輕重，輕言什麼「毋恃敵之不來，恃吾有以待之」。這種態度，早晚要將台灣人民帶向死路的。

本人正是從貴黨給台灣帶來的最急迫的危機出發，從最現實的角度提出「反戰救孩子」

以及「反台獨，反軍購，反內戰」的政見的。

民主政治可貴之處就在於持不同政見者可以通過討論，甚至辯論，呈現不同的意見，讓選民自主決定支持對象。

因此，本人願意本著眞理越辯越明之民主精神，誠懇邀請陳先生，就軍購與反軍購的議題，進行公開辯論。至於，辯論的時間、地點與形式，就由你全權決定。本人一定全力配合。

敬候你的指教！

台灣民主學校推薦苗栗縣立委候選人藍博洲　謹致

二〇〇四年十二月二日

邀請書定稿後，我和其他工作夥伴繼續下鄉，展開「拜票」活動。晚上，我們再度來到大湖鄉夜市。陳姓候選人的大湖競選服務處就在夜市門口。我們的行動書房在大約二十公尺遠的路邊停妥後，俊傑和我就刻意地輪番對他們進行反軍購的喊話；可他們卻一概不理。倒是一個住在附近的中年男子，聽到我們的街頭講演後，來到行動書房，向我表示：他很認同我們的理念，也很肯定像我這樣的候選人，只是這次的選舉是「台獨」與「保衛中華民國」的決戰，在「藍綠過半」的對決態勢下，他只能犧牲像我這樣選不上的人了……。他很痛苦地陳述完自己的意見，拿了一本《共產青年李登輝》，給了一千元，表示贊助，然後就匆匆離開。看著他消失在夜色中的背影，我再次感到現實的無奈，以及因此而生對那些無能的泛藍政客的憤怒。

從大湖鄉回到總部後，哲元和稚霑笑著向我們敘述了他們親自前往陳姓候選人苗栗市服務處下戰帖的情況。他們說，年紀比他們大幾十歲的對方工作人員，起初一直以自己只是「小朋友」爲託辭，不願接下辯論邀請書，幾經推託，最後終於由在場的競選總部副執行長代表接受。

接下來，我們就看他們怎麼回應了。

在頭份街頭對矢忠民進黨的民衆講演

【附錄】
大開眼界

林靈

寫了三天的日記，卻沒有收到「網友」的任何回應，覺得有些氣餒。每天一大早就出門，行程排得滿滿，回到家都已經深夜快十二點鐘，有時候甚至更晚。可是自從寫了第一篇日記之後，我就很認眞地把這當一回事在做，儘管我的腳都走得起水泡，眼皮也沉重得快撐不住，但我還是要寫，因爲我知道網路的那一頭，我們管理網站的朋友仍在爲豐富這個網站而努力著（或許還有網友在等著看更新的內容哩）。

我想這就是對自己及對他人的一種責任心吧！

上午，陪洲到地方電視台參加第一場電視公辦政見會。他發表政見，我則是大開眼界：一藍營候選人與一綠營候選人雖然在媒體及文宣上互相批評攻擊，但是從會場上他們對彼此的暱稱中，卻隱約感受得出他們的匪淺關係。這是其一。

其二是一位現任立委發表政見結束之後，不像其他人直接搭電梯離開，反而大搖大擺地走進新聞採訪中心，不顧記者正在觀看下一位候選人的講話，也不體諒還有候選人在整理上場的思緒，逕自連續高喊著說：「唉，講得不好！講得不好！」有人安慰他下星期還有一場，他才稍稍收斂聲調。豈知，他隨後竟然又高喊著，對記者們說：「各位長官，拜託你們高抬貴手，壞的不要寫，只寫好的就行了。」我聽了嚇一大跳，心裡驚問：「這又是怎麼樣的關係呀?!」

民衆知道這些人的表裡不一，知道自己被政客操弄瞞騙嗎？

洲決定出來參選時，有人建議他把鬍子刮一刮。我反對。我說，你平常不刮鬍子，爲了選舉卻把鬍子刮掉，這不是擺明要來「騙」選票嗎？我跟他說：「你原來是怎麼樣的人，就怎麼樣選吧。」洲當然也贊同這個想法。於是，我們現在看到的洲，除了衣著稍微整齊之外，還是原來的他。

這是我感到慶幸的。

【民眾的聲音】

寄件者：luofenjou

主　旨：可惜！

可惜！我住台南，不然一定投您一票。不過，我會告訴我認識的苗栗人，一定要回去投您一票。

十二月三日◉工人的命運

又是行程緊湊不得閒的一天。

早上，先是到頭份聲援華隆員工；然後在頭份與竹南市區遊街講演，分別在頭份下公園、竹南火車站圓環、博愛路市場等地進行了幾場街頭講演；其中，在頭份下公園，面對公園裡上百名的老人們，講得全身冒汗；反應熱烈，也是開講以來對自己最爲滿意的一場。下午，回到苗栗市；受到颱風外圍環流的影響，天空開始飄下細雨；我們還是淋著冷冷的雨水，在羅福星曾經居住過的福星里沿街拜訪選民。傍晚，回到總部，匆匆換掉身上的濕衣服，隨即趕去參加石油工會的歲末聯歡會；然後在晚上七點半前，冒雨轉往文化局中正堂，觀賞由我擔任團長的加里山劇團演出的、改編自我所寫的長篇小說的客家現代舞台劇——《藤纏樹》。

眾所周知，苗栗縣在這次也出來競選連任的某國民黨候選人擔任縣長期間，因爲他個人與華隆集團特殊的政商關係，一度被外界稱爲「華隆縣」。然而，近年來，這家曾經呼風喚雨的公司卻陷入負債高達兩百六十餘億元的財務困境。公司負債，首先受害的當然是生產線上基層勞工的工作權和生存權；女工邱惠珍甚至爲追討積欠工資而被迫自殺。儘管如此，那些尚未資遣的員工還是共體時艱，在薪資縮水的情況下，繼續生產，讓公司能夠撐到現在。今年四月十九日，華隆公司向苗栗地方法院聲請重整。重整案若未通過，華隆公司頭份、桃

與工運人士羅美文等人聲援華隆關廠女工

園、大園、中壢四廠僅存的約四千餘名員工將立即面臨失業困境；因此，十月十八日，民庭法官兩次延長裁定重整案屆滿期限的前一天，四廠員工千餘人搭乘了廿七輛遊覽車，前往苗栗地方法院陳情，希望民庭法官裁定通過公司重整案，以保障他們的工作權及家庭生計。但是，陳情終究還是無效的，第二天，民庭法官裁定：華隆重整案駁回。

幾天前，我們得到通知：今天早上，積欠員工退休金及薪資的華隆公司頭份廠要在該廠活動中心召開勞資協調會。因此，一大早，我們就從苗栗競選總部前往華隆頭份廠聲援勞工。我們在工人上班打卡前的早上七點半趕到現場；勞動黨名譽主席羅美文和桃竹苗勞工服務中心的工作幹部們，以及已遭公司資遣的華隆桃園廠員工近百名，也已經分別從桃園和新竹來到現場聲援。我們分別在華隆頭份廠兩個廠區的大門口，向頭份廠的工人朋友喊話，呼籲華隆的工人們能夠團結起來，不分廠區，一起爭取工人應得的權益。

我自己出身於工人家庭，靠著做工的父母和兄姊的支持，才能夠上大學讀書。因爲這樣，我很能夠體會：工人一旦失業，或者領不到積欠的工資，全家的生計將要面臨怎樣的困境。這樣的現實壓力，使得他們爲了保有自己的工作，不敢聲援其他已經失去工作權的兄弟姊妹；也使得他們因爲幻想資方補發積欠工資的諾言實現，而背棄了一起抗爭的兄弟姊妹。

一次又一次工人運動的抗爭經驗告訴我們：在勞資抗爭的過程中，工人陣線最終都是被資方個個擊破的！唯有不對資方抱持任何幻想，團結起來，工人才有出路。

因此，當那些前來聲援的工人兄弟姊妹們把麥克風交給我，要我說說話時，我除了朗誦陳映眞先生悼念女工邱惠珍而寫的感人長詩〈工人邱惠珍〉之外，就只強調一點：工人團結。我呼籲華隆頭份廠的員工：一定要與桃園廠的員工站在一起，爭取工人的權益。否則，今天桃園廠工人的命運，明天就會落到你們頭上。

然而，我看到，那些還沒遭到資遣的頭份廠的工人們，一個個騎著機車急急地進入廠區，不敢停下來聽聽別人在講些什麼，更不敢伸手接下人們遞過來的傳單……。

【附錄】

無償勞動

林靈

清晨六點，鬧鐘響起，洲很快起身離床，他要趕在七點半到頭份華隆工廠，聲援遭資遣的桃園華隆員工。我沒有跟去，因為有一大堆衣服塞滿洗衣機，我得趕在沒有衣服換洗前，把它們晾起來。

洗衣機故障好一段時間了，全自動的洗衣功能，如今只能藉著塑膠水管接水。這其實不辛苦，麻煩的是人要站在旁邊等著關水。晾衣服用了半個多小時，愈做愈心酸，覺得自己像機器。以前，我偶爾鬧脾氣抱怨自己總在做些「無償勞動」，洲就會「語塞」；偶爾，洲也會鬧脾氣指責我太「個人」。

隨著年齡增長，我明白我的家庭爭執來自於社會制度不公義的問題。

我的家務勞動雖然無償，但我的先生和孩子都很能體諒我的付出，這是我的收穫。反觀在工廠奉獻大半青春的女工們，拿了微薄的工資，卻要感謝老闆「賞飯吃」，完全不去計較老闆在職場環境與工時、工資、福利等等的剝削。

我想，我以前眞的是太「個人」了，只會把自己的哀怨悲怒放大來看。倘若每個人都如此，那麼，受苦的人永遠都在受苦。

【民眾的聲音】

寄件者：企盼不一樣的苗栗人

主　旨：不敢說是苗栗人

客家人有優異的傳統，苗栗有好山好水。不幸的是：從小，政治上，我只聽到什麼黃派、劉派。一度還淪爲華隆縣，讓我自己幾乎不敢說是苗栗人。

如今，切盼您能選上，徹底改進苗栗的政治生態。

十二月四日

小學老師

颱風來襲，冷雨下了一個早上。

一個在社區大學上過我的課的賽夏族朋友武茂，一大早就從偏遠的南庄鄉趕來競選總部，拿了幾千份文宣，幫忙負責發送到南庄鄉每個家庭；在新竹科學園區開車維生的他，匆匆來去，也來不及給他端上一杯熱茶。臨走前，他還捐了三千元給競選總部，謙虛地向工作夥伴說：請轉告藍老師，我的能力有限，捐不了多少錢，又不能投票給他，只能多出點力了！

多麼讓人感動的原住民兄弟啊！

因爲天候的關係，無法進行戶外活動。原訂的行程：早上，到竹南民進黨陳姓候選人競選總部單挑，辯論反軍購議題；下午，在頭份義民廟廣場舉行「反戰救孩子」民歌演唱會；都只能暫時延期或取消了。

每天緊湊的行程突然中斷，有點不適應；望著街上冷清的雨景，忽然有點莫名的感傷。

午後，冬颱遠離，雨勢漸漸變小了。我們擔心會有民眾沒有聽到活動取消的宣傳，冒雨前往頭份義民廟，於是就驅車趕去現場。

現場還是來了一些民眾。我們向他們說明活動因爲颱風而取消之後，他們才依依不捨地撐著傘離去。

義民廟為台灣客家人特有的地方信仰，供奉的大多是於清朝朱一貴、林爽文、戴潮春等民變或抗日武鬥中犧牲的義民的遺骸。在神祇的本質上都是無祀孤魂。頭份義民廟，又名忠義亭，初建於清光緒十二年（一八八六年），主祀義民爺，配祀文昌帝君、至聖先師、玉皇大帝及其他神佛。

我們雖然不信鬼神，可基於對這些義民們「義行薄雲天捨身保國衛鄉」的感念，於是也按照民間習俗，上香祭拜。

某報記者從頭到尾都拍了照片，熱心的他還提供最新的選情戰況，極力勸我要針對擴散中的「棄保效應」及時作出有效的消毒宣傳。

到了傍晚，西邊天際雲層中透現金黃霞光。天氣好轉了。

晚飯後，我和阿靈及其他工作夥伴，又在宣傳車前導下，從頭屋大橋邊往火車站方向的苗栗市區，挨家挨戶發送文宣，拜訪選民。

走了一個鐘頭後，進入一戶兩個老夫婦坐著閒聊的人家。我還未開口，那個頭髮蒼蒼的老婦人卻開口問道：藍博洲，你還認識我嗎？

我愣了一下，仔細地瞧了瞧坐在藤椅上的老婦人的容顏；也許是生病的關係，她的雙眼眼球微凸，皮膚白皙。雖然如此，我還是從她略顯發福的臉部輪廓，認出她就是我小學五、六年級的老師。

老師！我又驚又喜地說：「沒想到是你！」

老師伸出手來跟我握手，說：「你一定會高票當選！」

她握了手，放開，不一會，又再握手，重複地說著同樣祝福的話；最後，還拖著行動不便的雙腳，送我到門口。

自從小學畢業後，我就沒再見過老師。我跟老師說：「因爲一直東飄西泊，沒有來看老師；請原諒！」

老師沒說什麼，只是握著我的手。因爲這樣，我知道，老師是高興的！我也慶幸自己沒讓老師丟臉！

那兩年，我經常逃學，到山上玩；所以被老師打得很凶！可我記得，有次，老師不知怎麼跟我說了那麼一句話：「藍博洲，你以後當了縣長，老師我一定當你的秘書。」

事隔多年，已經忘了老師是鼓勵還是諷刺。

現在，我從老師看到我時欣喜的表情讀出眞意了！可老師已經老了，我也步入中年了。

眞是時光匆匆啊！

為民服務

工作會議結束已經快要半夜十二點了。收拾東西就要回家，想著：寫完當天的「選戰日記」，早點休息，爲明天要走的路儲備體力。我和阿靈剛剛走出辦公室門口，忽然聽到哲元在後頭叫我們：藍波，等一下，某報記者剛剛傳來一封陳XX給你的信。我們於是走回辦公室。我很快看了那張收信人是我卻沒有寄給我的傳眞信。那是一篇文白夾雜的信，語意不甚準確，老實說，讀起來還有點艱澀；不過，意思很清楚——因爲行程緊湊，抽不出時間和我辯論。

哲元問說：寫封信回應，怎麼樣？

我說：當然要回。於是就坐下來，點了一根菸，一邊吸菸一邊下筆。

XX先生：

收信好！

你從報社轉來的「婉拒」信，收到了。

針對本人所提「軍購」與「反軍購」大是大非問題進行公開辯論之事，你以「拜訪行程早已排定」之由「婉拒」。

對此，我和我的工作夥伴也沒有理由「強人所難」。但是，你信中卻又針對這個大是大非的問題刻意曲解；就不是正大光明的行爲了。

眞理愈辯愈明！既然是「全民安危縈繫」的大是大非，再怎麼忙，也應該向選民說清楚自己的想法；不能找理由推拖。

另外，希望先生能遵從教育部長杜正勝「英明」的政策，少用文言文；以「我手寫我口」；否則還眞難讀懂你的文字。

最後，既然是寫給我的信；就該郵寄或傳眞一份給我。這也是做人的基本道理。你說是嗎？

爲民服務！

弟博洲

二〇〇四年十二月五日凌晨

信寫完時，一根菸剛好吸到菸屁股。我把菸蒂在菸灰缸捺熄，然後麻煩哲元：打字後，隨即傳給陳的競選總部和各報記者。稚諳在一旁焦急地問道：那我們還要不要有什麼動作？我笑了笑，說：「我看也不需要了！有理、有利、有節；這是一場輿論戰，到現在，我們是有理、有利，如果不知節制，硬要再搞下去，情勢就會逆轉的。」稚諳張開大嘴，一貫地笑著說：對噢！

我和阿靈再次離開辦公室，開車回家。

經過這一折騰，看來，今天又要搞到兩三點才能上床休息了。

【民眾的聲音】

寄件者：國小老師

主　旨：不是只有撕裂族群的聲音

那天在課堂上知道：苗栗終於有好一點的人要出來選，開心了一下。在這一場選舉裡面，是您讓政見出現，而不是只有撕裂族群的聲音。加油！

十二月五日◉超級星期天

今天是立委選戰的最後一個星期天，也就是所謂的「超級星期天」。

顧名思義，這一天，所有的候選人都是全力動員、遊街放炮、四處造勢、搭台歌舞、搖旗吶喊、擺流水席、大吃大喝，搞得烏煙瘴氣。可我們所有的工作夥伴都認爲：選舉活動不該都是這樣庸俗吵鬧的！既然我們一再強調要打一場不一樣的選戰，而我們的宣傳口號又是「反戰救孩子」，那麼，我們就把選前最後一個星期天留給我們的下一代吧。於是，這一天，我們決定以「孩子」爲主題，進行與眾不同的溫馨而安靜的競選活動。

我們相信，我們所策劃的活動可以用最精簡的人力、物力獲得最大的媒體宣傳效應。

早上的活動是知性的。

針對苗栗縣相對落後的教育現況，我們在競選總部召開「救救孩子——如何改善苗栗教育環境」座談會。遠從台北下來，年輕時候因爲「成大共產黨案」而繫獄多年的世新大學講師張星戈；家住獅潭鄉，實際在教育第一線工作的黃榮賢老師，以及多位學生家長參與了座談。

首先，長期關注教改問題的張星戈老師從整體政治經濟結構的角度剖析了近十年教改失敗的問題根源。張星戈表示，教改失敗，實爲補習班和書商等利益團體在背後影響的結果；另外，他也指出日趨嚴重的教育資源城鄉差距、兩極分化的問題。最後，他憂心地強調：教改絕對不能意識形態化，要實事求是地面對問題，這樣才能夠反省改進。

目前在國中任教的黃榮賢老師則從基層老師的立場指出問題。他說，教改失敗並非基層老師怠惰。因爲教員人數不夠，每位老師都得兼任行政事務，工作繁重，忙不過來，士氣自然低落；你只要走進教師休息室就會發現，老師們的臉上好像都蒙著一層厚厚的灰。因此他建議：落實班級人數減少的政策，增加偏遠地區教師加給……。

一些家長也紛紛講述了自己孩子在升學壓力下，書包愈背愈重，課愈上愈晚，覺愈睡愈少的可憐現象。

最後，我以立委候選人的身分總結說：只要把六一〇八億的軍購案經費撥出一小部分，就可以解決大部分教育經費方面的問題；從問題的本質來說，唯有解決兩岸對峙的歷史問題，才能停止意識形態的惡鬥，削減龐大的國防預算，提高教科文預算。這樣，台灣的教育才有向上發展的空間，苗栗的教育環境也才有改善的經費。

下午的活動則是感性的。

工作夥伴先把競選總部二樓平時就寢的榻榻米收拾乾淨，讓十幾位小朋友坐在榻榻米上，進行「反戰救孩子」的彩繪活動，然後把他們彩繪的「反戰救孩子」圖畫，貼在牆壁上展示。接著，阿靈就在這仿如兒童畫廊的、原先凌亂的寢室，向那些小朋友講述戰爭如何危害百姓的繪本故事。

阿靈用幻燈片打在牆壁的方式，娓娓地講述美國著名兒童作家伊芙．邦婷的作品〈爺爺的牆〉，故事爲一個美國小朋友聽爸爸講述爺爺在越戰陣亡的故事。然後她又介紹了二戰期間納粹集中營裡猶太小朋友的悲慘生活的照片。小朋友們專心聆聽著，並且隨著影像所呈現的苦難而流露著同情的眼神……。整個活動最後在阿靈與小朋友們溫馨的問答中結束。

給小孩說反戰故事也可以是競選方式

一個全程採訪的某報女記者說：你們在廝殺慘烈的選戰最後階段，又創造了一種不一樣而有教育意義的溫馨的選舉文化。看來，作家出身的藍博洲，雖然從政，仍然不改文化人特有的一些堅持。

晚上的活動，按計畫是到後龍夜市。為了明天的第二場電視政見發表會，夥伴們要我今晚就別到夜市演講、賣書，早點回家休息，準備準備。可我還是在辦公室忙著處理一些瑣碎的雜務，拖到十點多才回家。

洗了澡，倒杯酒，趕緊坐到書桌前，「準備」明天的講綱。我不是擅於煽動群眾的演說家，肢體語言也不生動，咬字發音更不清晰；說起來，實在不適合用說話的方式來表達理念。

但是，一個人只要思路清楚，言

而有物，態度誠懇；說話應該還能聽的。

我這樣安慰自己。

問題是：我究竟要說些什麼呢？

像那些候選人漫天亂開支票嗎？我想，積累幾十年來的選舉支票的內容，要是能夠實現的話，苗栗縣早就已經是人間「天堂」了。可現實卻不是那樣！

是不是要像那些候選人高喊什麼山線、海線或中港溪客家（或福佬）保一席呢？這樣的地域主義不就是台灣社會「族群」撕裂的意識根源嗎？我豈能成為共犯呢！再說，既是苗栗縣的立委候選人，能夠不代表全縣的民意，為全縣縣民代言服務嗎？

至於像那些已經把持權位十幾二十年的候選人高喊「搶救」又如何？問題是，選民為什麼要「搶救」你呢？面對那些因為生活無助而全家自殺的工人家庭，他們可曾關心「搶救」過？

不說這個，不說那個，那麼，究竟要跟廣大的選民說些什麼呢？

也許，只能就參選以來的感想和回響，據實以報吧！

【附錄】

難道不能讓苗栗不一樣嗎？

林靈

今天是選舉的最後一個星期天，據說傳統選舉是要辦些車隊遊行等等造勢活動來拉抬選情的。

我們沒有從俗。

我們要讓苗栗不一樣！

上午，洲邀請兩位在教育界服務的老師，以「救救孩子——如何改善苗栗教育環境」爲題，在總部辦了場討論會。本來答應我出席的幾位媽媽，因爲有地方派系的顧慮，臨時缺席了。我可以體諒她們，畢竟向社會的沉痾積弊說「不」是需要很大勇氣的。就像昨天來辦公室拿文宣、買書的年輕人說的，他好幾次經過這裡，就是沒有勇氣踏進來；「所以我很佩服藍立委候選人敢批判執政黨政策、敢挑戰地方利益派系的勇氣。」他說。

下午，以「反戰，救孩子」爲題，由我給孩子及他們的家長說故事。因爲洲他們一致認爲，選前最後一個星期天要留給我們的希望——孩子。

傍晚，趁著天色還亮著，辦公室裡的幾個人又兵分各路，挨家挨戶在苗栗市區遞送文宣。眞的是景氣差吧！整條中正路顯得好冷清，許多店面都鐵門閉鎖，看不到人潮，再加上冷氣團來襲，讓我走得有點沒勁。

想不到，當我在路旁等待拜訪另一邊住家的洲的時候，有一個老先生卻笑盈盈地走近我，問說：「你們在發什麼？是在發錢嗎？」我老實地搖搖頭，沒有說話。

「你是幾號的？」他問。

「五號藍博洲。」我乖乖地回答。

「有錢嗎？我們家有六票，拿錢給我，就把票投給你們！」他還是笑嘻嘻的。

我有些錯愕，不知道該如何回答，於是只好沉默，沒有理會他，甚至連看都不想看他。

這讓我聯想到昨天晚上的一通電話。話筒那端的中年人語帶責備，大聲地說：「我告訴你們喔，你們怎麼會這麼慢才來發文宣，讓我們現在才知道有你們可以選？」他沒等我回答就斷了線。可我想了又想，距離選舉還有六天，怎麼會太慢呢？莫非他有什麼爲難的承諾？

我的心更覺得寒冷了！

難道不能讓苗栗不一樣嗎？

【民眾的聲音】

寄件者：賴君（東海大學老師）

主　旨：當冰塊溶化時

看過台中縣的選舉公報，我有沉重的感傷；放眼數十位參選人，我只是冷漠地看著公報發呆。選民爲何冷漠？最主要的原因是他看不到眞正要爲人民服務的候選人吧！我飲泣地這麼想著。

很羨慕苗栗縣有您可以圈選。即使那一票終將成爲台灣這種有名無實的「民主」的資源回收票，但是，至少，那是踏實的一票。儘管有人說，送您進立法院是令人多麼不捨的一件事。可我支持您的選擇，也願意相信您的選擇。畢竟，堅忍的枝幹能在風雨中屹立不搖，不會只是曠野中的一枝獨秀。

我支持您，現在如是，將來亦若是。

加油！

然而，身在台中縣的我便落入另一種選擇：該不該選？該如何選？

常常會這樣想：政治就讓它骯髒到一邊去吧！我過我的日子，就讓那些政客去鬥個你死我活吧！反正台灣的政治從來不是落實價值的舞台，倒是落實政客「口袋價值」的工具。但是，如今，政治已經不再甘願蟄伏於那骯髒的角落，它不斷地擾動人民的生活與生命。無奈地，人民卻又沒有能力（包括實際的與心智的力量）可以反抗。那人民又能如何？普羅大眾的生活與生命何時才能有運行的常軌？

憂心而氣憤，卻又能如何？

看著好大一張的選舉公報，知道那是民主政治運作的必要程序。但是看見新聞報導的選舉活動，心中卻滴血地想：面對民生問題苦哈哈的沒有錢的政府，卻有那樣多的錢在爲選舉揮霍。可憐的百姓啊！你們可看見你們辛苦所繳納的稅款，就這樣被浪費了！

嗷嗷等待政府照顧的人民啊！那些飄揚的旗幟、炫麗的燈光、盛大的舞台布景、政府官員輔選的龐大交通與人事費用，都是你們小孩的教育預算、健康保險的預算、退休基金的預算所建造起來的巨大的浪費！

除了選舉，政府還不斷將人民的血汗錢浪費在其他許多地方，就是不肯多撥一些給原本應該受益的老百姓啊！

面對這樣的現實，我在台中縣的這一票，終將可能化爲選票箱中的一紙冰塊，期待這樣峻冷的冰一旦溶化時，能化作您當選的感動熱淚。

十二月六日

揚棄藍綠惡鬥

針對「藍綠過半」對決的迷思所造成的所謂「棄保效應」，競選團隊決議：今天開始，改以「揚棄藍綠惡鬥」作爲對外宣傳的主要訴求。爲此，下午在競選總部召開了第五波文宣記者會。這份題爲「就從苗栗開始——揚棄藍綠惡鬥，改變台灣亂象」的文宣內容，是哲元綜合參選以來所收到的選民意見整理出來的。

文案包括四段：

第一段，「你只能冷漠旁觀，默默放棄嗎？」——主要針對三二〇之後對當前台灣政局充滿無力感、對台灣的選舉文化又感到厭煩的廣大的沉默大眾，提醒他們：「對政治沉默，就是對政客縱容，任民主遭踐踏，是自殺於未來」的道理。

第二段，「泛綠會把台灣推向戰爭邊緣」——堅決反對治國無能、推動台獨，把台灣引入毀滅性的兩岸戰爭的綠色政權及泛綠政客們。

第三段，「無能的泛藍過半又如何?!」——批判在野的泛藍陣營，在中央既無能制衡泛綠，在地方又任由老舊勢力把持政壇，並利用選民擔心「泛綠過半」的心理裹脅選民；進而指出：「反綠不一定要投給泛藍政客，不求上進、扶不起的泛藍，過半又如何？」

「就從苗栗開始」文宣品

第四段，「就從苗栗開始！」——指出無黨籍的關鍵少數獨領反綠風騷的政治事實，提出藍綠之外的第三種選擇；呼籲苗栗選民：護送在民主倒退狂潮下投筆挺身的無黨籍作家藍博洲，進入立法院，用作家敏銳的思想監督陳水扁，讓作家良心的聲音，成爲終止台灣政治亂象的生力軍！

最後，歸納了幾句口號作爲總結：

鄉親啊，走出藍綠過半的迷思，
民主不是西瓜，這半那半比大小，
爲了阻止台灣走向毀滅的戰爭，
爲了我們的下一代，
在這歷史關鍵的時刻，
我們選擇作家藍博洲，
改變台灣亂象，
就從苗栗開始。

因此，從早上的第二場公辦電視政見發表會，一直到晚上在苗栗市綠苗里活動中心展開的選前最後五天問政說明會的第一場，作爲候選人的我，登台助講的在地的聯合大學黃教授，以及五〇年代白色恐怖期間繫獄五年的巫紹熹老先生，都從這樣的調性出發，呼籲選民要打破「非綠即藍」的老舊思維，在兩岸瀕臨戰爭的關鍵時刻，支持主張反台獨、反軍購、反內戰的藍博洲，制衡執政當局把台灣推向戰爭的台獨政策，讓下一代不要再重複老一輩人經歷內戰的歷史悲劇。

政見發表會

早上，同樣由阿靈陪我去總部附近的地方電視台，參加選委會辦的第二場公辦電視政見發表會。簽到以後，就在休息室看報等待；隨後，其他候選人陸續到來。到陽台抽根菸回來，經過簽到處，一個最後到來的國民黨候選人恰好進來，看他拿筆簽到，同時一貫老大作風的大聲嚷嚷：「來！畫押。」我於是隨口笑說：「畫押，就要抓去關了！」「你……」他氣急敗壞地瞪著我，話也不知如何說下去了。

抽到第一順位發言。我想，這樣也好，講完就閃，不必在那裡跟那些人處太久。

進了攝影棚，走上講台；燈光刺得不舒服。來不及作個深呼吸，緩緩氣，鈴聲已經響起，計時器的數字開始起跳。爲了紓解略顯緊張的心情，我笑了笑，開場說：昨天晚上作夢，夢到自己抽到第一順位發言，果然剛剛就抽到一號籤。這樣一扯，情緒也就平靜了，於是就從語言問題切入，展開長達十五分鐘面對攝影機的政見發表。

跟上次不同，我改用國語發言。在第一場公辦電視政見發表會，爲了選票考量，藍綠兩陣營的候選人，不論閩客，都使用國語發表政見；獨獨我，爲了批判民進黨人的大福佬沙文主義，刻意使用母語——客家話。會後，許多民眾紛紛建議我要使用國語，這樣，海線地區的福佬人才能聽得懂。我從前次的事實出發，指出這種現象恰恰反映了那些大福佬沙文主義者的投機性，同時也凸顯了共同語言的必要性，更說明了執政當局「去中國化」的政策在現實上是行不通的。

針對部分候選人高喊什麼「山線客家保一席」、「中港溪客家保一席」或「海線福佬人保一席」的現象，我批判說，這樣的地域主義恰恰是台灣社會「族群」撕裂的意識根源！既是苗栗縣的立委候選人就該代表全縣的民意，爲全縣縣民代言服務，怎能爲了勝選而刻意操作地域主義的訴求，挑動閩客對立的情緒呢？

政見發表進行中，我看到那位批判我所提出的反軍購政見卻又不敢與我公開辯論的民進黨陳姓候選人進入攝影棚，準備下一順位的發言，於是就順勢對著他說，所謂民主選舉，不就應該向選民爭取理念的認同嗎？像軍購與反軍購這種攸關國計民生的重大議題，不同的候選人因爲身分立場的不同而有不同的看法與主張，這也是正常的；重要的是，他們既然有心爲民服務而出來參選，就應該面對選民，就彼此看法的分歧公開辯論，讓選民能夠對問題充分理解，進而做出自己的選擇。這也是民主社會的可貴之處。然而，面對這樣大是大非的議題，我們的陳XX先生雖然對我個人的主張提出批判，卻又託辭行程忙碌，不敢接受我的邀請，公開辯論。我想，這就不是一個候選人該有的什麼民主風度了……。

這個陳姓候選人實在也夠倒楣了，兩次政見會的發言順位恰恰都排在我後頭；他如果只是陳述自己的政見也就罷了，可他既然對我作了點名批判，在沒有聽眾的攝影棚裡，我也只好針鋒相對地向他挑戰。但是，他終究還是無法面對這樣的現實。我看到他，在我話還沒講完的時候，就站起來走出攝影棚了。

攝影棚裡除了幾個相關的選務工作人員，再沒有其他人了。我只好回來獨自面對那檯冰冷的攝影機，繼續我未完的發言。

順著理念認同的問題，我接著把批判的矛頭指向所謂泛藍陣營的候選人；他們儘管口口聲聲以「泛綠過半台灣一定亂」的訴求來裏脅選民，可整個選戰期間，面對阿扁向石原愼太郎在颱風天搭乘「寶島之星」觀光列車旅行而受到一些在野黨政客「污名化」，甚至「痲瘋化」批評的「委屈」致歉時，他們不吭一聲。面對在政治上不斷轉向的「變節的革命黨人」、「成功的投機政客」李登輝下來苗栗，爲同樣是「變節的國民黨人」站台助選並大言不慚「愛台灣」的論調時，他們沉默以對。面對教育部長提出什麼日本帝國主義「殖民有功」、「台灣人就是日本人」的荒謬言論時，他們仍然不發一言；當我和工作夥伴在聯合大學門口，向杜正勝舉牌抗議時，我看到坐在豪華轎車上的他們，雖然好奇地探頭看了看，最終還是沒有下車聲援，反而進去跟這樣的教育部長談笑風生、大作關係！正是像這樣不知政治的大是大非，只知包工程、炒米粉的泛藍政客們組成的長期過半的政黨，輕易地把政權拱手讓人，那麼，即便他們再次過半了又能如何？

通過這樣一番左批泛綠、右打泛藍候選人的發言之後，我於是進一步針對近日來眾多候選人瘋狂呼叫「搶救」的現象沉痛地說，看到那些已經把持權位十幾二十年的候選人高喊「搶救」，眞讓人感慨萬千！他們說什麼落選就要遭到「政治迫害」而破產、坐牢，問題是，選民爲什麼要「搶救」這些長期閒吃政治飯的人呢？面對那些因爲生活無助而帶著全家一起自殺的工人家庭，他們可曾關心「搶救」過呢？

對面的計時器顯示，時間只剩三十秒不到了。我趕緊最後總結說，選舉選到現在，從民眾的熱情反應，沒人沒錢的我們可以說已經成功完成了我們參選的任務；但是，讓人感慨的是，只要選民不覺醒，這樣的選舉，終究還是有錢人才玩得起的遊戲。

因爲沒有聽眾互動，講完以後，心情跟上次一樣，略感沮喪。走出攝影棚，阿靈迎上來，陪我進電梯；下了樓，旁邊沒有其他人時，她才笑著說：「講得很好，給你九十八分！」

我懷疑地說：「真的嗎？你別安慰我了。」她說：「別人怎麼看我不知道，可我認為很好就是了……。」

從停車場開車回到總部，路程不遠，情緒一直無法跳脫作為政見會場的攝影棚的孤寂的氣氛；一路無言。一直要到車抵總部門口，看到工作夥伴和義工們都笑著出來迎接，緊繃的心情這才放鬆下來。下了車，振國跟我說：「不錯！講得很好；我看你一開始笑了笑才講話，就知道今天絕對沒什麼問題。」我感到非常不好意思地說：「那是為了讓自己不緊張，硬是強笑的啊！」

電視裡仍在轉播著其他候選人的發言。喝口水後，我主動要求俊傑調回在外頭跑的宣傳車，說：趁著政見會還在進行，我們就到環繞電視台的這一塊社區掃街、拜訪選民吧！

相對於其他候選人所有的雄厚財力與政黨派系的奧援，我想，光是政見發表會講得好，那還不是有力的批判武器；現實如此，我們最少要通過積極的行動，讓其他候選人和一般民眾感受到我們戰鬥的氣勢！

於是，當其他候選人還在攝影棚等待發言的時候，我們又在宣傳車大聲放送的「反戰，救孩子！」的口號前導下，再度出發。

【民眾的聲音】

寄件者：投票那天得自己拿筆進去寫「藍博洲」的台南選民

主　旨：讓人有盼望

我跟朋友說，我羨慕苗栗人有藍博洲可以選。那一票，可以投得多麼理直氣壯；那一票，投得讓人有盼望。所以，投票那天，我會自己拿筆進去寫「藍博洲」。

十二月七日

車隊遊街

選戰進入最後衝刺的倒數第四天了。

按照台灣選舉文化的慣例，這幾天，所有的候選人都會全面動員，組織又臭又長的大車隊，進行全面掃街繞境的造勢活動；仿如廟會的陣頭較勁一般，互比車隊長短、鑼鼓花車、鞭炮煙塵的吵鬧。一句話，這是比錢多還是錢少，硬碰硬的陣仗；錢多者，勢頭就看好；等著賣票的選民也就有了待價而沽的依據。反之，沒錢者自然沒勢；投機的選民自然就不會把票投給他。

我們很清楚這種傳統的選戰規律。可我們並沒有因爲這樣的限制而喪志，人窮不能氣短；作爲年輕的、進步的、文化人的競選團隊，我們決心在逆境中試著創造一種新的選舉文化。至於如何創造，在物質條件不如人的客觀現實下，我們唯一的原則是：人家能搞的，我們一定搞不過人，絕對不跟著搞；要搞，就搞點人家搞不來的。問題是，什麼是人家搞不來的呢？老實說，一直到傍晚，原住民歌手達卡鬧再度下山助陣以前，我們還眞的心裡沒譜。

早上，按照既定的行程，從總部出發，首先前往北苗一帶還沒有到過的社區遊街拜票。我們還是只能採取街頭講演的方式，進行我們的宣傳造勢活動；唯一的不同僅僅是增加了一台宣傳車。剛開始，因爲配合地方電視台的新聞拍攝要求，隊伍的行動秩序被搞得有點亂，前後宣傳車之間的距離也因此拉得很長。在火車站附近，突然與那個拒絕和我辯論的綠營候選人長達上百輛的車隊迎面交錯。目睹他們敲鑼打鼓、對空鳴炮、呼嘯而過的囂張氣勢，我們的隊伍看起來就像一群潰敗的散兵游勇，不堪一擊。作爲總指揮的振國和我心裡都急了。當下我們把隊伍重整，重新出發，一切才又進入狀況。

在社寮街社區活動中心，我在宣傳車上進行了今天的第一場街頭演講；其他工作夥伴和義工們則在附近住家發送文宣。講演剛結束，阿靈上來宣傳車，跟我說：「剛剛，有個老先生一直站在巷口，聽你演講；我把文宣遞送給他，他跟我說，等你講完，要跟你說幾句話。」我於是下車，跟隨阿靈，走到老先生前面，向他致意。老先生緊握我的雙手，略顯激動地說：「我今年已經九十一歲了，你剛剛講的話，我都認眞聽了；我們苗栗，從來沒有一個候選人像你這樣講話的。我親身經歷過戰爭，你講的那些反對戰爭的話，我不但同意而且要當面向你表示感謝！……」

暖暖的冬陽照著大地。一群老人坐在活動中心前的一棵老樹下，無聊賴地曬著從枝葉間穿透下來的陽光。

我們繼續往前，繞經北苗傳統市場，轉向國華路上的新的魚肉市場。在兩個新舊市場，我又分別對那些沿街擺地攤或是租用市場攤位的賣菜、賣魚或賣肉的小商販們作了街頭講演。話語通過喇叭放送的穿透力道，強迫輸入賣菜和買菜民眾的耳裡；從他們臉上展露的微笑，我感受到了溫暖的回報。

兩台宣傳車加上行動書房所組成的車隊，載著候選人和所有的工作人員，繼續沿街緩緩前進。振國坐在前導宣傳車的駕駛座旁不斷地政治喊話，我和阿靈站在車上墊高的木箱，不停地向街道兩旁的民眾揮手致意；一些正在陽台上晾曬棉被，或是在屋前空地上曬太陽、聊天的家庭主婦們，也紛紛友善地向我們揮手加油。

車隊穿越橫跨後龍溪的頭屋大橋，駛入頭屋鄉境內，繞經幾條主要街道後，駛抵早上行程的終站——明德水庫，用餐休息。餐後，我們從明德水庫出發，穿越一段又長又彎、一路無人的山路，轉入台三線公路，然後前往三灣鄉大河村活動中心，舉行《紅色客家庄——大河底的政治風暴》新書發表會。

新書發表會結束後，我們隨即離開這個具有傳奇性悲劇色彩的「紅色客家庄」，繼續遊街造勢。我們沿著台三線公路，穿越僻處山間的狹長的三灣鄉境，經由頭份市區，轉往竹南的競選服務處。

下午四點多，車隊再度出發。剛從新竹尖石山上趕到助陣的原住民歌手達卡鬧和振國，站在前導的宣傳車上。我和阿靈於緊跟在後的第二輛車上，向兩邊的群眾揮手致意。此時，天色稍暗，海邊吹來的陣陣冷風，帶來些許寒意。車子進行中，達卡鬧以吉他伴奏的嘹喨的歌聲，在兩邊房屋夾峙的略顯荒涼的街道空中響起；他即興地唱著填上「反軍購」、「救小孩」、「讓苗栗不一樣」、「反戰」等政治訴求新詞的原住民歌曲、國語老歌、閩南語流行歌曲以及客家山歌。剛開始，路邊行人的反應有些愕然！我想，他們一定感到納悶：怎麼有人這樣搞選舉的呢？然而，當他們聽清楚達卡鬧所唱的歌詞內容時，大都露出會心的一笑；有些熱情的群眾甚至面對我們張開五指，高高地做出5號的手勢，表示支持。

在暗夜的街道上緩緩前進中，看著街燈照在達卡鬧那束綁著馬尾的銀白色長髮和頂著冷風前進的背影，我忽然覺得他彷彿就像一隻領頭南飛的候鳥一般；我想，往後幾天，只要有他的歌聲前導，我們將一點也不畏懼地正面迎向那群財大氣粗的候選人呼嘯而過的車隊。

因爲一個全新的、有文化內涵的選舉車隊，已經在苗栗誕生了。

紅色客家庄

我們是在下午兩點前，趕抵僻處山間的三灣鄉大河村活動中心的。

舊名「大河底」的三灣鄉大河村，在五〇年代白色恐怖期間，遭到「清鄉」式的肅清，村中成年男子幾乎無一倖免，或者流亡山區，或者被捕入獄，乃至於命喪台北馬場町刑場。通過長期的採訪研究，我整理出九位當事人的歷史證言，重現這段被人遺忘的血淚史，並以《紅色客家庄——大河底的政治風暴》爲名，交由印刻出版社出版。

長久以來，台灣的新書發表會總是在首善之區台北市典雅或氣派的會場舉行。在偏僻山村的歷史現場舉行的這場新書發表會，可以說是前所未有的了。這也是長期關注白色恐怖受難人歷史的我一直想實現的心願。然而，歲月無情，幾年來，書中提到的多位當事人卻已陸續病逝，而無緣向自己的鄉親們訴說那段長期不能言說的歷史故事了。三位僅存的歷史見證人——坐牢十三年的羅慶增，分別坐牢十二年和五年的廖宏業、廖紹崇兄弟，雖然都已經七、八十歲，白髮蒼蒼，可行動不便的他們還是親臨現場，出席新書發表會。除此之外，還有多位受難人的遺族。

我首先向在場的媒體記者和民眾做了簡單的開場發言：歷史是能連結到「現在」的，「過去」的事象紀錄，因此也能爲我們指引「未來」。調查和研究五〇年代白色恐怖的歷史，並不是爲了揭露某個政權的瘡疤，或者向所謂「加害者」進行報復。本質上，五〇年代發生在台灣全島的白色恐怖的歷史悲劇，是在美蘇冷戰和中國內戰的雙戰構造下的歷史產物。認識歷史眞相，爲的是讓我們以史爲鑑，不要重蹈民族內戰的覆轍。如此而已！

然後，我放了一部過去攝製的、片長大約二十分鐘的、有關這個「紅色客家庄」的歷史

在大河底山村與政治受難人一起辦新書發表會也是選舉活動之一

紀錄片。

接著，我又依序介紹了羅慶增等三位歷史見證人，以及被槍決的黃逢開的遺族，邀請他們訴說當年親歷的辛酸，爲過去那段歷史悲劇做見證。被捕以前，這些前輩原本都是大字不識幾個的農民。然而，通過那些慷慨就義的難友的氣節感召，以及「火燒島大學」的鍛鍊之後，他們就像高爾基所講的「永恆的革命者」那般，「是相信自己力量的謙虛的人」。他們已經通過對歷史的認識，而能站在更高的歷史視野，去看待自己曾經遭遇的不幸。因此，他們早就「沒有個人的怨恨」了，他們也能夠「超出自我，克服向給他帶來折磨和痛苦的人報復——這種渺小、惡毒的願望」。因爲這樣的修養，他們對自己被捕坐牢後所遭遇的家破人亡的慘況，也只是輕輕帶過；他們反而極力呼籲鄉親們：「支持長期研究白色恐怖，爲白色恐怖受難人做了許多好事的藍博洲進入立法院；因爲像他這樣執著追求歷史眞相的人，一定能爲老百姓好好的監督當權者。」

總以樸素的階級觀點看待事物的羅慶增老先生，更以自己的歷史體驗爲例，語重心長地指出：當今的執政者還是跟以前的蔣家政權一樣，把台灣當成美國戰略利益的一枚棋子，不斷以台獨行動向大陸挑釁，這樣下去終將把台灣帶入萬劫不復的民族內戰。我們不能不從歷史的悲劇中學到教訓啊！……

這些僻處山間的「紅色客家庄」的老人們，再一次讓我看到那充滿希望的「淡淡的火苗」。

【民眾的聲音】

寄件者：苗中學妹

主　旨：最後

我每天都會到你的網站上看看，每天都有不同的感動和感慨！我看著你的選舉日記，看見那麼多的人一起在爲你祝福，也爲苗栗加油。我身爲苗栗的一分子，眞是感到無比感動！

我擁有投票權不久，但在我還未有投票權的時候，我就已經對台灣的選舉文化感到厭煩和無奈了。我以爲我永遠不會再關心台灣的選舉。但這次不同，我多麼希望你能爲苗栗，爲我們下一代的孩子帶來希望呀！

現在離投票日不遠了，我每天都會爲你祈禱，和所有祝福你的人一樣！還是那句話……加油了！

十二月八日

母親

從來都記不得母親的生日，也不知道母親確實的年齡；過去記得的只是母親六十幾或七十幾；今年則是八十幾了。至於那「幾」，究竟是多少，說眞的，還眞不知道。

父親如果在世的話，這個算術題就不難做了。反正，母親比父親小七歲，以父親的年歲減七，就是了。可父親已去世三年，我也已經忘了父親的年歲，因此怎麼也就記不得母親的實際年歲了。

一直到現在，都痛恨母親那老實、寧可自己吃虧、凡事隱忍的農民性格。經常，怕她感到寂寞，回家陪她吃飯、說說話；可往往說沒幾句，就要被她宿命的愚昧觀念激怒，不耐煩地發起脾氣。

八歲就下田的不識字的母親，自從嫁給做工的父親以後，從來沒有過過悠閒的生活；日子，一直都是在經濟壓力下，喘不過氣來。因此，老了以後突然清閒下來的她，還是習慣性地為了這個或那個操心，自尋煩惱。這使得她看起來總是愁眉苦臉，笑顏難展。

但是，母親今天卻笑了。

在公館鄉館南村娘家，早上十點鐘的陽光穿透窗玻璃和薄薄的白色紗質窗簾，照在她那蒼老的容顏上，映照著她那我不曾見過的開懷而靦腆的笑顏！

這是「母親回娘家」的記者會。

在煙硝味瀰漫，「搶救」、「告急」聲四處呼天喊地的選戰的最後幾天，許多候選人的選舉花招之一就是抬出家裡的老母親向民眾哭訴：自己的兒子如果落選就會坐牢、破產或跑路等等，藉此博取同情票。但是，競選團隊決議要我找母親出來面對大眾，倒不是要她向選民哭訴，而是要她述說自己從堅決反對兒子參選到親自幫忙拉票的心理轉折過程。

母親跟一般老人家的想法一樣，認爲選舉是既要花大錢又會與人結仇的事情，所以，當她聽到我要出來參選的消息時便堅決反對。

從一開始，我就不把這次參選當作是我個人求名逐利的事情，也不想把任何的封建關係牽扯進來。因此，參選的消息見報以後，我就不再回去老家看望母親。母親見不到我，於是就把氣出在阿靈身上，責備做人妻子的她爲何沒有勸阻；每次，阿靈都照我說的回她：「你又不是不知道，你這個兒子的脾氣，他要做什麼，誰又攔得住他。」母親無話可說，於是又動員散居各地的姊姊和嫂嫂們，給阿靈通電話，做工作。因爲這樣，我只好跟阿靈說：既然如此，那你就暫時不要回去吧！

到了後來，母親的態度卻漸漸轉變了。

一生從沒見過記者採訪場面的母親，面對記者詢問她關於作爲立委候選人的兒子的種種問題時，難得地因爲「雞同鴨講」的諸多情況而笑了。

「我不識字，什麼都不懂！」母親努力地解釋著。

記者的問題，主要都環繞在「爲什麼會從堅決反對兒子參選，到後來卻極力支持呢？」

後來，母親都每天清早主動到市場發文宣，到處拉票。雖然如此，我卻不認為她和高爾基所寫的《母親》，是有同樣認識的母親。

我的理解，母親是因為看到那麼多認識與不認識的各界社會良心對我支持，所以態度才會轉變。雖然她聽過我的幾次演講，可我並不以為她能眞正理解，這個兒子為什麼要跳下來參選立委。

召開「母親回娘家」的記者會，不是要她像其他候選人的母親那般出來哭票！為的是要說明：改變社會，總要先從改變自己身邊的親友開始。否則，又怎麼能改變其他像母親一樣的老人家呢！

午後，我們從苗栗市競選總部出發，持續進行最後的繞境拜票活動。我們穿越將軍山，經西湖鄉、銅鑼鄉，然後在天色暗下來的時候繞回公館鄉境，前往公館國小活動中心，準備晚上舉行的第三場問政說明會。

母親和舅舅家的表哥表嫂們也來到說明會現場，坐在台下，認眞聽講。我上台講話時，於是以像母親這樣的一般老人家為講話對象，講述我的參選理念。我想，要說服一般民眾支持我，就得從我最親近的親人開始；如果他們的觀念因此而有所改變的話，那麼，這次的參選就有起碼的意義了。

說到底，通過這次選戰，母親的確是有所改變了；但是離高爾基的《母親》卻還遠得很啊！

這也是現實。

握手

政見說明會之前，其他工作夥伴在會場吃便當，我自己一個人來到僻靜的國小操場，找了個手機訊號清楚的角落，準備上線，跟人在台北的侯導，一同接受陳文茜小姐主持的「飛碟晚餐」電話連線採訪。訪談中，陳文茜問道：你是如何向選民拉票的呢？我據實回答：我都是挨家挨戶地登門拜訪，親自遞送文宣給選民，先作自我介紹，然後說，這是我的文宣，如果你覺得我的理念值得支持，就請投票給我；否則，就不要選我⋯⋯。她笑了笑，接著很感興趣地問道：那麼，你不跟選民握手嗎？我老實講：其實，我是很想跟民眾握手的，可我就是無法克服心理的障礙，主動伸出手來；所以，碰到對方主動伸出手來，跟我握手的時候，我一定充滿感動地熱烈回握⋯⋯。

每回出新書，給朋友或讀者簽名留念的時候，總是頭痛該寫些什麼，到後來，經常都是寫著「握手」兩字。

爲什麼是「握手」呢？它是什麼意思？有些年輕的讀者會這樣問。

握手，是日常生活常見的人與人之間表示友誼的一種肢體語言，這是大家都知道的。通過採訪五〇年代白色恐怖民眾史的經驗，我了解到「握手」的另一層歷史意義，那就是：無以數計的革命烈士被押赴刑場執行槍決前，總是會跟同房的難友一一握手，然後坦然就義。在劇作家簡國賢從獄中寄出的幾封與妻訣別書中，我又親眼目睹了初學中文的劇作家總是使用「握手」、「伸我的熱情的握手」等字眼作爲問候語。因爲這樣的緣故吧！沒有什麼禮語修養的我就特別愛用簡單的「握手」兩字來題詞了。可我所寫的「握手」兩字，卻有了比一般意義更進一步的意涵，它或者表示同志之間共同戰鬥的友誼，或者意味我願意和對方爲共同的理想發展進一步的關係。

對一般政客而言，主動和陌生的群眾握手，算是最基本的政治動作。然而，參選以來，我卻一直做不來。我不是自視甚高，只是覺得爲了爭取選票而主動伸出的握手，實在太虛僞，太現實了；因此存有很大的心理障礙，而伸不出手來。

然而，今天晚上，我終於克服了這樣的心理障礙。

鄉下老太太說，是該有人出來說話了。

晚上的政見說明會，遊唱了一整天的達卡鬧仍然以他雄壯有力的歌聲表達反戰理念。登台助講者，除了在地聯合大學的黃教授之外，還有不辭辛勞、遠從台北下鄉的楊渡，近來以《戰慄的未來——解構台灣新獨裁》批判民進黨而備受注目的年輕政論家黃智賢，以及《批判與再造》雜誌總編輯、政治經濟學專家杜繼平博士；他們不但對當前政壇藍綠惡鬥的亂象作了有說服性的詳細分析，也從國際政治經濟形勢的視角，分析美國的對台政策，批判了台獨的欺騙性與危險性。

說明會結束之後，楊渡和黃智賢趕回台北；達卡鬧、杜繼平、黃教授和我隨即驅車轉往苗栗市的玉清宮夜市，進行另一場街頭講唱活動。當達卡鬧和杜繼平在宣傳車上輪流唱歌或講演時，熱情的黃教授便陪著我，向沿街擺攤的攤販們一一問候；與此同時，在他的鼓動介紹下，我終於突破心防，敢於主動向群眾伸出我那略嫌羞澀的握手了。

經過這一番鍛鍊，我發現，雖然我不是什麼高官、名人，可只要我伸出手來，那些樸直的民眾，是沒有人會拒絕我那熱情的握手的。

【民眾的聲音】

寄件者：陳先生

主　旨：讓這塊土地上的人民過得更好

生活在苗栗已經三十年，深知苗栗人的悲哀。過去，苗栗的落後，實在是被那些派系及政客所害；即使政黨輪替後亦是如此。知道要改變這種情況必須要人民的覺醒才能成功。希望經由大家持續不斷的努力，讓這塊土地上的人民過得更好。

十二月九日◉氣與力

最後兩天了！

這是一早來到競選總部，夥伴們見了面的第一句話。我的理解，這話應該包含了兩個意思，一個是互相鼓勵——再堅持兩天吧！另一個則是互相安慰——只剩兩天了。兩種意思其實都反映了整個競選團隊的心理狀態；一方面是持續不斷高漲的士氣，另一方面也眞的是累了。

士氣的確是持續不斷高漲著。不論是頗受年輕朋友青睞的競選網站，街頭巷尾市井耳語的風評，或是遊街拜票時民眾的反應，乃至於地方媒體的報導，在在都比我們事先預料的情況要來得好，也因此激發了超過我們的物質條件所能提供的戰鬥能量。

考慮到十八鄉鎮幅員遼闊，除非像其他候選人採取「呼嘯而過」的方式，實在無法在最後幾天走透透的客觀限制，我們決定選擇以選民人口較多、距離較近的鄉鎮，作爲最後遊街造勢的重點地區。

早上八點，我們由兩台宣傳車、一台行動書房，加上各地朋友自動前來助陣的幾輛轎車所組成的不算車隊的車隊，在達卡鬧的吉他彈奏出來的輕快活潑的進行曲引領下，準時從競選總部快樂地出發。

爲了配合早上十點在苗栗火車站廣場召開的「苗栗旅外青年返鄉支持藍博洲行動全台連線記者會」，整個早上，我們都在苗栗市區活動。

車隊從府前路轉往中山路，在南苗市場口，我又發表了一場街頭演講；然後經光復路，從三角公園折往中正路。到過苗栗的人都知道，這個落後小市鎮的主要幹道就兩條，一條是前街中正路，另一條則是後街中山路；從火車站前起始，一路長長的，平行展開；幾十年來都是如此，變化不大。振國和達卡鬧在前導車上，在吉他伴奏下，說說唱唱。我和阿靈還是站在宣傳車上，一左一右，分別向街道兩邊的民眾揮手致意。沿途，無論是店家或路人，一直有人熱烈的回應。

途經中苗，在迎風飄揚的歌聲中，突然聽到一陣陣喧囂的鑼鼓和鞭炮聲，由遠而近，逐漸逼來。這次，我們不再因爲「勢」不如人而感到心慌了；在振國的指揮下，我們的幾輛車自動地往路邊停靠，讓後頭那個號稱是「阿扁的忠狗」的綠營候選人的車隊囂張地呼嘯而過。車隊剛過，達卡鬧的吉他彈奏聲隨即響起，振國接著隨著節拍唱了起來；他即興地編了一套歌詞，消遣了這位不想當人要當「狗」的候選人。路旁的民眾聽了都開懷地笑了。我、阿靈，以及所有夥伴，也都隨著達卡鬧彈奏的輕快樂音和振國那戲謔的歌詞，一路笑著，繼續向街道兩邊的民眾揮手致意。

通過我們所表現的選舉文化，苗栗街上的民眾們終於見識到：選舉的遊街造勢活動，原來也可以這樣不斷喊呼救，不敲鑼打鼓，不鳴炮吵鬧，只是唱著歌，揮著手，輕輕鬆鬆地與民同樂的啊！

我們一路往北前進，再次來到前兩天反響熱烈的國華路魚肉生鮮市場，先是繞著市場轉了一圈，讓達卡鬧的歌聲給那些忙著做生意的攤販們紓解一下緊張的心情；我接著又站在宣傳車上，發表了一場街頭演講；然後在眾多夥伴的陪同下，走進市場，一一跟那些攤販握手。

十點整，我們來到不遠處的苗栗火車站廣場，召開「苗栗旅外青年返鄉支持藍博洲行動全台連線記者會」。

我們這個競選團隊是一個平均年齡三十歲左右的年輕隊伍，參選以來，從文宣到選戰策略，一直表現出不同於以往傳統選舉的模式，因此獲得了不少年輕選民的支持。任教於台中某技術學院的張姓青年教師就是其中一個代表。專程從台中趕回苗栗，出席這場記者會的他在現場表示：包括他本人在內，苗栗地區的年輕人，因爲政壇長期被地方派系壟斷惡搞的現象，對家鄉的政治都感到灰心而冷漠。這次立委選舉，他本來也不想去投票的，但是，當他看到作家藍博洲這樣的人敢站出來參選時，很受感動。他覺得，這次，苗栗可以不一樣。所以，他願意以一個苗栗旅外青年的立場站出來，支持藍博洲。他同時呼籲在外地的年輕同鄉，一定要返鄉投票，護送形象清新、理念清楚的作家藍博洲進入立法院，爲保守的地方政壇注入一股新生的力量。

最後，達卡鬧又彈著吉他唱起了他根據原住民歌曲〈我們都是一家人〉的旋律，即興改編爲以「苗栗旅外青年返鄉支持藍博洲」爲內容的歌。現場的青年朋友們於是也跟著大聲唱了起來。記者會就這樣在充滿青春戰鬥力量的歌聲中結束。

與此同時，侯導、朱天心與鍾喬等文化界的朋友，也在台北火車站西三出口，同步舉行一場「苗栗旅外青年返鄉支持藍博洲」記者會。爲此，侯導再次犧牲色相，裝扮成「三明治人」，手拿搖搖鼓，胸前掛著「苗栗鄉親返鄉投票支持藍博洲」的標語牌，在鍾喬率領的差事劇團年輕朋友的陪同下，以行動劇的表演形式，親自推動「苗栗旅外青年返鄉支持藍博洲」的行動。

除了苗栗和台北連線的兩場記者會之外，在競選團隊的夥伴與熱心支持的青年朋友們聯繫推動下，整個「苗栗旅外青年返鄉支持藍博洲」的行動，也將在桃園、新竹、台中、高雄等地的車站同時展開，一直持續到投票日爲止。

午後，我們繼續遊街活動。車隊穿越苗栗與後龍交界的北勢大橋，沿著台十三甲線公路，進入造橋鄉境；沿途，許多交會而過的車輛，尤其是一些貨卡車司機，紛紛以鳴按喇叭的方式，對我們表示支持。當車隊繞經學校附近時，我們隨即自覺地噤音，安靜前行。雖然如此，我們仍然看到許多國小學生，倚著樓梯欄杆，或靠著教室窗戶，興奮地叫著：哎！是「反戰救孩子」的藍博洲耶！然後向我們揮手致意……。

我想，這些孩子雖然還沒有選舉權，可此情此景卻讓我相信：多年以後，當他們成長到有投票權的時候，他們也許不會記得作爲候選人的我的名字，可他們一定會記得，在他們小的時候，家鄉的某次選舉曾經有過某個立委候選人，他所提的競選口號竟然是「反戰救孩子」吧！

車隊從鄉間小路轉出，沿著台十三線尖豐公路（尖山到豐原的省道），繼續往北前進。在暖和的冬陽與徐徐涼風伴送下，我們聽著達卡鬧和振國輪流唱著的歌聲，快樂地進入頭份市區，在格局方方正正、大抵是兩線道的街道穿梭遊走。我們再次來到華隆頭份廠旁邊的黃昏市場。在市場兩頭的出入口處，我站在塑膠椅上，向熙來攘往的民眾做了兩場即興的街頭講演。當夜色降臨，街燈亮起，在幾乎繞遍頭份市區後，我們來到忠孝里社區活動中心，休息，吃便當，準備晚上的政見發表會。

今晚的政見會，人，同樣不是太多。聯大的黃教授依然下了課隨即從苗栗趕來助講。除了他之外，助講的朋友還有從事工運的汪立峽和劉芳萍。最後上場講演的，還是作爲候選人的我。

朱天心與朱天文一起上台助講

通過這段時間以來街頭講演的鍛鍊，我深刻地體會了馬克思在《黑格爾法哲學批判》導言中說過的一句話：「理論只要說服人，就能掌握群眾；而理論只要徹底，就能說服人。所謂徹底，就是抓住事物的根本。」儘管我不是什麼能言善道的演講家，講演內容也談不上什麼理論，可我知道，只要我從「曉之以理」的態度出發，然後再「言出心聲」、「動之以情」，講話沒什麼煽動性的我，基本上也能說服聽眾的。

我在這樣的思想武裝下站上講台，從一個窮作家爲何敢於走出書房，投入這場選戰的動機和目的切入，直指「事物的根本」，也就是：這樣的「民主」選舉，不過是有錢有勢的人才玩得起的金錢遊戲罷了。最後強調：如果像我這樣的候選人能夠獲得勤勞大眾的支持，贏得高票，乃至於當選，那就意味著苗栗還有希望！如果保守的苗栗還有希望，那麼，台灣的未來也就有希望了。

剛開始，現場有對年輕夫妻，爲了孩子的哭鬧而吵了起來；我的情緒也被攪得有點煩躁，無法進入情況。可我勉強自己不要被外力干擾，在聽眾中，很快找到一對頭髮花白的老先生和老太太，作爲講話的對象；我看著他們認眞的臉容，用一種飽含情感的態度，像給自己的老母親講事情的道理那般，逐步展開我的論述。漸漸地，我看到老太太感動得流淚了……。

「好！」講演一結束，顯然已經被我說服的老先生隨即當眾高喊。「我這一票一定投給你。」

當我們就要返回苗栗總部時，幫忙開宣傳車的司機朱先生，走到我身邊，說：「藍先生，我覺得，你的磁場很強，氣勢很旺！」我笑了笑，沒說什麼。他於是強調說：「我對命理略有研究，不管你相信不相信，你不妨把我剛剛說的話放在心裡。」

我衷心地向他道了謝。可我心裡清楚：政治是講求實力原則的，在氣與力之間，最終，還是力決定最後的結果的。

【民眾的聲音】

寄件者：阿浩牯

主　旨：支持眞心爲苗栗的人

博洲先生，眞的很高興你能夠回到苗栗來，爲我們打拚。

謝謝你！

我一定會支持你的。加油！

十二月十日◉閃亮的日子

競選活動的最後一天。

對競選團隊的所有夥伴而言，這一天，也是爲整個選戰活動劃下美好休止符的一個「閃亮的日子」。

首先，繼昨天的「就從苗栗開始——揚棄藍綠惡鬥，改變台灣亂象」之後，我們又在《聯合報》刊登了題爲「我要驕傲地投給藍博洲！」的半版廣告。

這份文宣也是我們的最後一波文宣。它的最大特色是強調民眾的聲音。也就是說，當其他候選人都在尋求「政治明星」推薦加持的時候，我們卻從競選網站的留言區節錄幾則具有代表性的一般普通百姓的想法，呼籲選民的支持。這幾則民眾的聲音，大都帶著深厚的情感與寄盼。例如：

一位「爲了孩子的母親」說：當您爲孩子出來競選時，讓我覺得社會還有一絲希望，讓我養女兒養得有信心一點，拜託您了！是我給您拜託，加油！

另一位署名「投票那天得自己拿筆進去寫藍博洲的台南選民」說：我羨慕苗栗人有藍博洲先生可以選，那一票投得多麼理直氣壯。那一票，投得讓人有盼望。

還有一位署名「瑞鵬」的朋友留言：感謝！在這種政治環境，藍博洲先生還願站出來，讓我這一票能驕傲地投下去！

這段期間，看到這些來自四方的民眾留言，夥伴們都很受感動與鼓舞。我想，這些朋友的心聲並不只是對我個人的支持而已！他們其實也反映了那些沉默的民眾對現實政局不滿的心情，以及對未來仍不死心的共同盼望吧。通過這些民眾的聲音，我也看到了台灣社會潛藏的、未曾熄滅的「淡淡的火苗」，而我們的任務就是要讓這「淡淡的火苗」逐漸擴散燎原吧！

問題是，爲數更多的民眾是否也能聆聽這些「民眾的聲音」呢？我不太樂觀地想著。儘管如此，我還是告訴自己：不管前面的路有多長，多曲折；路，還是要一步一步地走下去的！

冬陽依舊暖暖地照著大地。

這一天，從早上一直到黃昏，我們依然沿路唱歌，在後龍鎮、公館鄉和苗栗市，進行著車隊繞境的造勢活動。許多朋友自動從各地開車前來助陣；每輛車的左右兩邊都分別插上「反戰救孩子」的旗幟，同時貼著兒童彩繪的「反戰救孩子」圖畫；因爲這樣，今天的車隊看起來比前幾天要來得壯盛。可相較其他候選人的陣勢，仍然不算什麼。

在居民主要爲福佬人的後龍鎮，達卡鬧和振國因地制宜地將〈媽媽請你也保重〉、〈舞女〉等閩南語流行歌曲，改編成以「反戰救孩子」、「反台獨、反軍購、反內戰」、「走出藍綠迷思」、「讓苗栗不一樣」爲主題的歌詞。沿途經過幾座宮廟，那些聚集在廟口曬著冬陽聊天的老人們，開懷地笑著，向我們揮手致意。我們在火車站附近的市場，進行了定點活動；當夥伴們與義工進入市場散發文宣的時候，我站在宣傳車上，用福佬話發表了一場街頭講演。

總的來說，我們這支沒有震天價響的鑼鼓、鞭炮聲助陣的文化人車隊，在聲勢上，根本比不上其他財大氣粗的候選人。儘管如此，鄉親們對我們通過歌聲展現政治理念的造勢方式，基本上還是熱烈反響的。一個從台北下來助陣的朋友就說：如果這是在台北市的話，以你們所獲得的民眾的迴響程度來看，那是一定當選的……。

日落以後，天色就要暗下來的時候，我們隨著達卡鬧吉他伴奏國語老歌〈夜來香〉的旋律，一起唱著改編的「反戰」歌詞，像是凱旋歸來的遠征軍那般氣勢高昂地回到總部。

昂揚的氣勢一直持續到在苗栗縣文化局前廣場舉行的最後一場造勢晚會。今晚，廣場外的街道恰巧有每週一次的夜市，人來人往，熱鬧非常。

達卡鬧首先以他嘹喨、雄壯的聲音高唱原住民傳統的迎賓歌曲，競選團隊的年輕夥伴們隨即帶領現場的來賓與民眾，隨著歌聲跳起原住民的迎賓團結舞；於是數百人雙手交叉，圍成了一個大大的圓圈，踩著有力的步伐，前進、後退、再前進，熱情地跳著……。我覺得，現場的情景所表現的心聲應該可以套用阿能的詩句來描繪：

讓我們的交臂變成彩虹
給兩岸人民架上一座
通往團結的
和平的橋樑

熱烈的舞蹈後，我一一介紹了從宣傳車司機到總幹事的所有工作人員上台，給現場的民眾認識；同時表明：我個人投入這場選舉並不是爲了求官逐利，而是爲了「反戰救孩子」的理想。因此，我們的競選團隊也是由一群具有共同想法的年輕朋友組成的；我個人不過是整個競選團隊的一分子而已。近兩個月來，大家同吃同睡，併肩戰鬥，爲的就是能夠通過我們的努力，讓苗栗不一樣……。然後，我們站成一排，手牽著手，向現場的支持者鞠躬致謝；

總部成立晚會的最後，所有助講者高喊反戰口號。

現場的民眾隨即毫不吝惜地回報我們熱烈的掌聲。

晚會接著在勞動黨秘書長唐曙的主持下，以講演和演唱的方式穿插進行。

講演者包括：黨外民主運動的前輩、台大哲學系事件受害人陳鼓應教授，第三度下來苗栗助選的小說家朱天心，苗栗聯合大學的黃教授，勞動黨創黨主席羅美文，以及勞權會和夏潮聯合會的幾位年輕朋友。陳鼓應教授說，台灣的民主在民進黨執政四年，尤其是三一九槍擊案後已經被徹底背叛了；原本已經對台灣的政治灰心，不想講話的他，這次卻因爲看到我們這個年輕的競選團隊爲了「重建被背叛的民主」，而敢於向「非綠即藍」的地方派系政治挑戰，並且創造了一種清新的、富有朝氣的選舉文化，因此決定打破長期的沉默，下來不曾到過的苗栗，爲這些年輕朋友們加油打氣，更希望苗栗鄉親明天用選票支持藍博洲，一起來終結台灣政壇惡質的風氣。跟姊姊朱天文和青年作家林俊穎一同搭火車下來的朱天心也再次呼籲苗栗鄉親，爲了開創苗栗新政治，也爲了給台灣的民主政治創造一個改造的新契機，一定要支持出身苗栗工人家庭的青年作家藍博洲。

演唱者除了達卡鬧和振國之外，還有來自高雄美濃客家庄的交工樂隊主唱林生祥，七〇年代民歌運動的主要歌手、黨外民主運動前輩楊祖珺。不管是生祥融合客家傳統八音以及抒情搖滾風格的新客家樂曲，還是祖珺姊的〈美麗島〉與〈少年中國〉，都獲得了現場民眾，尤其是年輕朋友的熱烈掌聲。早在國中時期，我就是祖珺姊的忠實聽眾；從她主持的電視節目〈跳躍的音符〉，一直到黨外運動時期的街頭演唱，她所唱的歌總能安慰或激勵我那蒼白無力的青春。然而，不知怎麼，我卻覺得，今晚聽她唱的歌，特別有感覺和力量。

遺憾的是，這段期間南北奔波，爲民主學校推薦的幾個候選人助選的侯導，因爲過於勞累又睡眠不足，得了重感冒，只好在家休養。原住民歌手胡德夫和鋼琴家黎國媛也因爲臨時有事纏身，未能下來助陣。

民主運動前輩陳鼓應教授在最後一夜登台助講

更讓人氣憤的是，就在晚會進行中，廣場上的人孔蓋卻不斷地滲出化糞池的污水，逐步侵逼民眾聚集的區塊，尿騷味隨著夜風飄散。負責現場工作的俊傑隨即找了文化局值班人員，請他們趕緊處理，可他們卻置之不理。我於是親自出面，可得到的還是公務員一貫推拖的顢頇對待。基於苗栗地方派系把持政壇的現實認識，我有理由懷疑：這是其他「有力」的候選人或其支持者刻意搗蛋，破壞我們最後一夜造勢晚會的行爲。因爲這樣，在交涉中自然就動了氣……。

這一氣，我明顯地感到，自己那股蓄積了幾天的高昂氣勢，就像一個飽滿的汽球被放了氣一般，突然洩得精光。一直到我站上舞台，進行參選以來的最後一場講演時，情緒還是不能恢復到先前的昂揚狀態。看著台下已經流了滿地一片的臭水，我首先以苗栗人的身分向所有從外地前來的民眾與來賓致歉！我認爲，這樣的現象，不管是有意或無意，都是苗栗人的恥辱……。然後，我的鬥志重新恢復了，於是順著「讓苗栗不一樣」的思路，把主題轉向明天的投票。上台前，某報的一個女記者遞了一張紙條給我，說是外頭「棄保效應」的耳語已經在起作用，要我一定要讓選民感受到當選的信心。情勢果眞如此，我並不認爲自己的一席話就能挽回。雖然如此，我還是強調：這次參選，不只是我們競選團隊一群人的選舉，而是所有支持「反戰救孩子」理念，所有希望能夠讓苗栗不一樣，所有對台灣的未來不願心死的鄉親們，共同批判藍綠舊勢力，重建被背叛的台灣民主的一場選舉……。

與侯導一起坐在台下聽助講者精彩的講演

最後，我略帶激動地說，從決定參選開始，我和所有前來義務幫忙的工作夥伴就清楚地知道：選舉，不是我們這些窮小子玩得過那些有錢有勢的政客們的遊戲，可我們不信邪不怕鬼，更不信純樸善良的苗栗鄉親願意一直讓藍綠舊勢力壟斷地方政壇。因此，我們決心，就是選到彈盡援絕了，我們還是要背著書包，用兩條腿，把全縣十八鄉鎮走透透。然而，兩個多月來，我們從零開始，靠著全台灣各界朋友一千、兩千，一萬、兩萬的捐款資助，我們還是有了一台、兩台的宣傳車，載著我們的政治理念，在十八鄉鎮的大街小巷、山村海港，巡迴放送。這一路走來，我們已經盡全力打了一場美好的選戰。我們對自己的表現是滿意的。明天，就請苗栗的鄉親們做出歷史的裁決吧！如果，像我這樣的候選人可以在我們保守閉塞的苗栗選得漂亮——不但得到高票，甚至當選，那就表示苗栗可以不一樣！如果像苗栗這樣保守的地方都可以不一樣，那也就意謂著台灣的未來可以不一樣！

我講完話後，主持晚會的唐曙接著介紹了今晚的「神祕嘉賓」出場。阿靈上了舞台，在唐曙的邀請下，只是一派天眞地笑著說了一句話：你們聽了藍博洲講的話就會知道，我爲什麼會支持他出來參選了。然後她就要我合唱一首老歌〈野百合也有春天〉。我向台下的鄉親解釋說，這首歌，是她和我相戀的時候最喜歡唱的一首歌……。於是，台上台下，響起了一片浪漫而快樂的歌聲。

〈野百合也有春天〉剛剛唱完，擴音喇叭緊接著響起了〈閃亮的日子〉的旋律。競選團隊的工作夥伴們於是給現場來賓和支持者們，一一點起了象徵和平的蠟燭，然後由我和阿靈領頭，上百盞燭光，緩緩離開文化局廣場，沿著廣場外頭人潮依然擁擠的夜市，一路唱著〈閃亮的日子〉，走回競選總部。

堅持到最後就可以結束這場風車之戰了

所經之處，夜市裡，不管是賣東西的攤販或是買東西的民眾，幾乎都被這種苗栗選舉史上不曾進行過的競選方式吸引了，他們暫時停下進行中的交易，一邊好奇地看著這列沒有嘶吼「凍蒜」聲的隊伍經過，一邊靜靜地聽著我們的歌聲唱出的內容——

我來唱一首歌
古老的那首歌
我輕輕的唱
你慢慢的和
是否你還記得過去的夢想
那充滿希望燦爛的歲月
你我爲了理想歷經了艱苦
我們曾經哭泣也曾共同歡笑
但願你會記得
永遠的記著
我們曾經擁有閃亮的日子

【民眾的聲音】

寄件者：讀你廣告的老者（竹南）

主　旨：就是只有兩個人投給你

藍博洲先生：你好！

你的主張：反台獨、要三通，反軍購、要福利，反內戰、要和平。極合我的心意。不過，我知道，您的聲音，很多很多人雖然有耳朵，卻不會聽得進去，不會投票給你。儘管如此，我認定，就是只有兩個人投給你，我也要投給你，使你有三票。

我祈禱天上的神祝福你。讓你的聲音不只是我聽到，在苗栗地方很多很多人聽到。不是只得三票，乃是三萬票、四萬票，甚至五萬票，使你的主張在立法院大得伸張。因爲台獨、軍購、內戰這些事，實可怕極。因爲在五十多年前，我不但知道戰爭殘酷，我也曾經踏過死人的屍體。我現在已八十多歲了，打起仗來，我想我不用上戰場了，但千萬青年卻要上戰場，他們也是由四兩肉那麼大養成人的。一想到打仗，我實在要哭了。

敬祝當選進入立法院，爲救做父母的免去永遠的痛、流不盡的眼淚。

十二月十一日◉還是如此而已

終於不必在鬧鐘的催響聲中痛苦地起床了。

昨晚，送走了從南北各地前來助陣的朋友後，已經是午夜一點左右了。所有該處理的事都處理了，好不容易才坐下來，跟辛苦了幾天的達卡鬧，以及留下來的幾位年輕朋友，喝酒閒聊。聊著聊著，有人提議去唱歌。於是，所有的工作夥伴及朋友們，愛唱歌的，不愛唱歌的，全都沒有異議地到隔壁一直沒看過有什麼客人的卡拉OK店。從我們進駐以來，這家店的老闆對我們也挺幫忙的；在樣樣俱缺的選戰初期，向他借音響或其他東西，他都大方地借了。我們的消費，主要是爲了放鬆自己，也算是向他答謝吧！

就像〈閃亮的日子〉的歌詞所描述的一樣，這段期間，大夥兒爲了理想，歷經了艱苦，我們曾經「哭泣」，也曾共同歡笑；此時，我們卻像是開慶功宴似地盡情嘶唱跳舞，只因爲我們會記得，永遠的記著：我們曾經擁有「閃亮的日子」。

凌晨三點，我和阿靈先行離開，回到家，上床休息時已經快要凌晨四點了。雖然如此，因爲習慣，也沒有睡得太晚；九點不到就醒來了。打開大門，走到屋外；暖和的冬陽穿過門前那棵波羅蜜樹茂密的枝葉，照在臉上。像往常一樣，拿把竹掃帚，清掃散落四處的落葉；掃著掃著，突然感到一種好久沒有的悠閒與幸福。

泡了咖啡，坐在屋前台階上，一邊喝咖啡，一邊曬太陽，讀著因爲選戰而無暇讀完的祕魯作家略薩（1936-）的「結構現實主義」長篇小說《酒吧長談》。

陽光曬得很舒服。阿靈拎著一籃剛洗好的衣服，從屋裡出來。我放下手上的小說，走到曬衣架前，幫忙晾曬；平常，我就喜歡邊曬衣服邊想事情。

「給你曬吧！」阿靈轉身回屋。「英華和稚雲說好要跟我們去投票所，我去給他們打電話，問問他們什麼時候會到。」

「年輕人能睡，」我說：「好不容易沒事了，就讓他們睡飽一點吧！」

十一點不到，英華、稚雲和小關從競選總部來到家裡。我們隨意地散坐在台階上，一起喝茶、閒聊、曬太陽；小關拿著照相機拍了幾張他覺得有意思的畫面，然後也坐下來；一直到那壺茶泡得無味了，我們於是分乘兩輛車，從容地前去投票。

時近中午，回到競選總部。大廳跟往常忙碌熱鬧的景象不一樣，安安靜靜的。只見老關一人坐在那裡，戴著老花眼鏡在看報；其他人，有的一早就離開苗栗，趕回自己的戶籍所在地投票；有的還在二樓通舖睡覺。幫忙煮飯的阿姨給我們留了一大鍋焢肉，我們就添了飯，配著吃。飯後，我和老關到附近的咖啡店聊天；一直聊到三點，他才趕回台北。

這時候，原來還在睡的年輕朋友們也都起來了。我看大家坐在那裡，無所事事，於是提議去山上牧場看牛，曬太陽。大夥兒隨即分乘三輛車，浩浩蕩蕩地出發。我們先到幾年前住過的羊寮坑舊居，讓英華和稚雲攝錄一段紀錄片所需的訪談畫面；然後繼續上山，來到苗栗市與西湖鄉交界處的牧場。我們在牧場的駁坎邊或坐或躺，悠閒地曬著太陽，看牛吃草，聊天說笑……。

躺著躺著，就要在暖暖的陽光下睡著了，突然聽到有人叫我的名字，我趕緊爬起來，回頭看去，原來是在台北《聯合晚報》任職的何來美先生。我想，事情還眞湊巧！我的第一則選戰新聞是他幫我發的，沒想到選戰剛結束，竟然又會在山上跟他偶然碰面。

「那麼輕鬆啊！」他和一位朋友邊走邊說。「躺在那裡曬太陽。」

「你也來這裡散步嗎？」我向他問候。

「該回去看開票了。」他們兩人繼續往前方快步健行。

我望著他們的背影逐漸在落日餘暉中遠去。

天色已經轉成一片橘黃了，於是跟大夥兒說：「下山吧！」

回到總部，電視已經開始轉播開票了。我跟大家一起看了一會，覺得無聊，於是就到二樓，躺在榻榻米上，讀略撒的小說《酒吧長談》。讀著讀著，不知不覺就睡著了。也不知睡了多久，在睡夢中彷彿聽到有人一直在叫我，叫聲急切而反覆，於是就模模糊糊地醒了過來。在意識還沒有完全清醒的狀態中，聽到那呼叫聲還是持續著，過一會才辨明是某報的女記者從樓梯間傳來的聲音……。整個二樓，空空洞洞的，除了一盞燈光暈黃的檯燈亮著，就只有我一個人。當下，我心裡就清楚了，一定是開票的結果不理想，夥伴們怕我難過，所以一直沒有人上來打擾我。我怕記者誤會我是個不敢面對現實的人，於是趕緊下樓。

樓下坐了一屋子前來關心的親朋好友與支持者，氣氛有點低迷。我想，情況果然不妙！先前，我自己根據最後幾天的選情預估：雖然不太可能當選，只要沒有「棄保效應」的話，應該可以得到兩萬至三萬票。幾個記者朋友的預估比較保守，他們認爲大概就是一萬五千票上下吧！可實際開出來的票數卻遠遠不如預期，只得了近三千票而已。

要說心情不受影響，絕對是自欺欺人。可我還是勉強自己坐下來，讓記者朋友們照幾張看開票過程的照片；阿靈和競選團隊的夥伴們也很有默契，一邊看著電視上其他地區的開票情形，一邊你一句我一句地說著笑話。我也自然地跟著笑了。這樣，反映在記者朋友們相機觀景窗的就是一派輕鬆的畫面。

拍完照後，他們又要我說幾句選後感想。爲了讓他們向報社交差，我不加思索就說：

「兩個多月來，我們競選團隊的所有工作夥伴，在打一場不一樣的選戰的共識下，通過書籍、電影、紀錄片、音樂等文化媒介，進行了反軍購連署、公民論壇、街頭講演等等各種各樣傳播理念的活動，並且創造了一個不同於以往競選方式的、全新的選舉文化。這其實也是我們始終堅持的參選信念。

「近三千票的最終結果，當然不能讓人滿意。可我們相信，這些票都是扎扎實實的理念票。從台灣全島的選舉結果來看，幾乎所有『第三勢力』的候選人都在藍綠兩大陣營以對決、惡鬥、拚過半裹脅民意的大氣候下，遭到折翼；苗栗的選情也不例外。面對這種藍綠兩大陣營循環惡鬥、壟斷政壇的形勢，我憂心，未來的台灣，眞正具有批判性的『第三勢力』很難有發展空間。這絕對不是台灣政治民主化之福。如果台灣的政治光譜只剩下本質一樣的藍綠兩大陣營，而沒有眞正代表民意的反對的勢力的話，藍綠惡鬥的態勢一定一次比一次更加激烈，台灣社會也就不存在內部自我改革的可能性，最終將逐步走向沉淪、毀滅的死路……。」

記者們離開以後，競選團隊開了最後一次的工作會議。此時，夥伴們已經沒有具體的工作需要報告、檢討了，大家於是輪流說著參與這次選戰的感想。選戰期間，儘管我們曾經因爲認識不同，在工作上有過這樣那樣的意見分歧與爭執，可最終都以民主討論的方式取得共識。對我，對大家，這都是一次難得的直面社會的學習與鍛鍊。也因爲這樣，這些陸續加入競選團隊，負責不同工作的年輕朋友們，分別從不同的成長經歷，肯定了自己投入這次選戰的意義。

聽了他們誠懇的發言，作爲候選人的我，也因爲沒有讓他們失望而感到欣慰。因此，當大夥兒要我給大家說幾句時，在盛情難卻的情況下，我於是懷著感謝的心情，對這次的選戰作了初步的總結說：

選戰，以我們事先預知的落選結束了。儘管如此，我們不但在困難的條件下逐步形成了一個有文化內涵的競選團隊，而且通過這場艱辛的戰鬥，彼此之間也發展了同志般的情誼。我想，我們一定會永遠記得：我們曾經擁有一段共同歡笑的「閃亮的日子」。

選舉過程中，我們也獲得許多理念相近、關心地方的朋友的支持，這是我們這場選舉的一大收穫。選後，如果條件許可，我們希望能夠團結這些地方的有識之士，以台灣民主學校苗栗分校作爲基地，通過舉辦文化、歷史、思想等方面的各種活動，繼續在地方從事民主扎根的工作，爲「重建被背叛的民主」而努力。

講完這些話之後，我想，這場選戰也就暫時告一段落了。我不知道，它在日後會對我個人有什麼影響，是好？是壞？這都需要時間慢慢檢驗。但是，作爲一個知識分子，我清楚地知道：當歷史向我召喚的時候，我並沒有退縮地做了該做的事。

一句話，還是如此而已。

【附錄】

全都變成了「票」

林靈

投完票後，突然空閒下來，覺得時間過得特別緩慢。洲於是提議：到新英里山上的牧場曬太陽、看牛。

我很開心，因爲這要比大夥兒擠在辦公室裡「無所事事」要好太多了。隨行的還有幾個自台北下來幫忙的年輕人。他們說，在苗栗待了兩個月，覺得苗栗的山水眞美，只是清新的空氣裡，總是瀰漫著一股令人說不出來的壓抑。我想，那該是一種「安分守己」的保守力量阻礙其間吧！可我沒說出口，因爲我不也這樣沉默地住了八、九年。看起來，我算是受害者？或是加害者呢？

在牧場，有一群遊客載了大捆牧草來餵牛。

「我聽說，牛有兩個胃……」我見牛伸長舌頭舔捲落在水泥駁坎邊上的青草，突然冒出一句；話未說完，我們的天才百科稚霑就糾正我說：「是四個。」我不以爲意，繼續賣弄我僅有的知識，「對啊！是用來分類的。」大夥兒笑得比助選時候還要帶勁。洲爲我解圍，說：「是反芻。」可年輕人的思路比較活潑，於是就有人開玩笑說：「牛的四個胃還可以分類鋁箔包、塑膠、鐵罐跟紙類……」大家又是一陣開懷大笑。我也跟著大笑起來，因爲眞的很好笑。

看著牛不停地伸長舌頭捲食牧草的樣子，接著，我又恍然大悟般地說：我終於知道「牛舌餅」

爲什麼會叫牛舌餅了！哈哈哈哈！

陽光曬得很舒服。大家有一搭沒一搭地聊著。就在這樣愉悅的氣氛下，我忍不住向年輕朋友告白：「這兩個月，面對群衆發文宣、傳單的時候，我最擔心的就是：自己眼睛裡的人都會變得不是人，而是一張一張的選票；我想，我要是眞變成這樣，那就完蛋了。不過，我很開心，到現在，我看每一個人都還是人。」年輕朋友聽了只是點一下頭，並沒有表示意見。可能他們還溺在我的「笑話」裡，以爲我又在說笑話了吧！但我是很認眞在注意這個問題的。

傍晚，票開出來了。我很訝異洲獲得的選票竟然不到三千票。這與我們前兩天掃街所獲得的熱烈反響有極大的落差。不過，我的情緒很快就恢復平常。

在每個人輪流發表感言時，我想到，有個在地人說過這麼一席話：「如果藍博洲當選，那才叫我訝異！苗栗人什麼時候變得這麼進步了？」於是說：洲絕對不是最優秀的立委候選人，但他肯定比任何當選的人都要好太多太多了……。

神奇的是，晚上，從苗栗市辦公室開車回五湖住處的途中，我眼睛裡所看到的人，竟都不全然是人了！我看著他們的模樣，揣測著他們究竟圈選了誰。就在這個時候，他們全都變成了「票」，而且是一張一張令人失望的票。

【民眾的安慰與鼓勵】

寄件者：郭先生

主　旨：知識分子的骨氣

這才是一位知識分子該有的骨氣！

我是您的讀者，只能如此鼓勵您!!

寄件者：加菲貓

主　旨：雖敗猶榮

這次回家才知道有您這位候選人，很高興苗栗有優質的人可以選。雖然這次的敗選是意料中事，但所投出去的這一票仍然覺得非常值得。理想總是需要付出時間去堅持的，我相信，歷史對每個人都是公平的，也終究會還原正義的面貌！

希望你繼續加油，支持你，無論結果如何！

寄件者：竹南一個八十多歲的老者

主　旨：德不孤

藍博洲先生，您好！

我寫這封信給您，您可能已沒有心情看了。但我還是要寫，因我覺得您主張「反戰」是很正確的，同時也主張為政的人應該以人民為重。那些犧牲別人做自己的墊腳石的人，眞是自私到極點。

我原以爲我是投第三票的人。但開票結果，當然使您心理難過不能當選。不過我另一方面爲您高興，在苗栗這荒城也有將近三千多人投您的票，證明您的「德不孤」。

願天上的神祝福您。不要氣餒！若您下次再出來參選，我仍然要投您一票。但我要聲明：我現在已八十多歲了，我沒有回天家的話，我一定照我的承諾做，甚至要我的老妻也投您一票……

寄件者：楊儒賓

主　旨：苗栗人的眼光眞高

侯孝賢、朱天心、陳映眞這些人力挺的人物，他不是該得諾貝爾獎嗎？何況區區一立委！

苗栗人的眼光眞高，眞不曉得他們需要什麼政治人物！

寄件者：苗中學妹

主　旨：這一仗打得漂亮

在選舉前，我一再的告訴朋友們，我們苗栗有一位很棒的候選人，我們眞的很幸運！我看見的是你在競選期間所做的全部努力，你眞的盡力了！

如果從另一個角度看，你所有的努力，有三千人聽見了，有三千人在選舉日當天誠心誠意的爲你祝福，我想能一次擁有三千人的支持與祝福，是很幸福的！

不是你不夠好，是苗栗人沒那大福氣！

寄件者：瑞鵬
主　旨：好人！請不要灰心
選舉已結束，雖然礙於形勢比人強，而結果不如人意，但請您不要放棄對苗栗的關懷。這個社會沉痾已深，需要有人長期而耐心的去導正它。您的挺身而出是一個好的開始，希望您能繼續下去。只要您能繼續保持著今天的理想，我會一直支持您。
好人！您是不會寂寞的。

寄件者：Celevi
主　旨：另一種開始
很開心！我們的朋友打了一場有聲有色的選戰，相信下場鬥爭將有更多的同志加入。
祝福大家！

寄件者：Henri
主　旨：每一票都是扎扎實實的
開票時，我全天候陪伴小朋友。感謝你們為孩子們所做的事。
投給你們的票，每一票都是扎扎實實的，每一票，也都是一分期待。下一步，就從這一分期待開始吧！
為了孩子們。

寄件者：周天瑞（新新聞文化事業股份有限公司董事長）
主　旨：造化弄人
博洲兄：您雖不幸落選，但相信也願為整體的選舉結果而慶幸，面對這一事實，您必會以成功不必在我來看待。正因爲如此，您的落選絕不意味著選民對您唾棄，乃祇是造化一時弄人。仍需要您堅持一貫的理念，在不同的場域中繼續守護台灣、守護人民。我堅信這是善良的台灣人民對您殷切的盼望。請不斷加油！

寄件者：小子狂妄搞音樂
主　旨：救救奴隸吧！
古代知識分子早已知道，知識分子除入仕一途，對社會，更應盡人文上的責任，這便是載道以文。……目前局勢，不適合走向仕途，而是以喚醒大眾爲大要，想想爲何大多數人總是受政客操弄（特別是選舉時），況且政壇鼠輩橫行，就算你是貓，也不敵群鼠，何況老鼠後面有廣大無知的民意，硬同牠鬥，怕是落個一身腥。
今日大眾，高學歷者可說是多到亂七八糟，阿貓、阿狗的博士一堆，可是，這些博碩學士，除了技術，還有什麼呢？就連大學教授，被神棍愚弄的也不是沒有，終究是要作奴隸的。我們不要作奴隸，所以我們要發聲，大聲說出我們心中的想法，不出聲，是奴隸的默認啊！
希望藍先生能繼續推動苗栗的文化發展，讓苗栗徹底遠離文化沙漠。更希望苗栗縣成爲台灣島上最有文化水準的地方……。以藍先生的盛名及現有資源，應能號召本縣有志之士。
救救奴隸吧！

寄件者：兒子

主　旨：政治，就交給那些政治客搞吧！

老爸：相信你恢復已被打亂的生活應是十分困難吧！再加上這次又落選，心情應雪上加霜。其實我的心情也和你一樣失落。十二月十一日那天，一放學，我的雙眼便緊緊注視中選會所公布的數據，我的心情由期待、希望一直到沮喪。在那短短的兩小時，我內心彷彿洗了一次漫長的三溫暖。

失落！只有這兩個字能形容我那天的心情。我覺得苗栗的選民眞是眼睛幾乎都生在屁股，像老爸你這樣一個好人才不選，偏去選那些政客。但我又覺得苗栗的選民也算有良心，沒把你送進國際的大染缸——政治裡。因爲能夠出污泥而不染的畢竟是少數中的少數。

我相信你可能可以成爲那少數中的少數，但還是別去冒此險。你可以寫一本有關「國際新趨勢」的書，放置在各地的書局讓民眾購買，我們可以以文化切入反苗栗的金錢選舉，以此來改造苗栗的年輕人不要變成那些保守人士，而政治，就交給那些政治客搞吧！

寄件者：林君（中興大學博士生）

主　旨：一定的影響

在媒體上看到您參選的消息，雖然最後未能如願成功，但相信會對台灣造成一定的影響。希望您能再多加努力！

新書都非常精采！祝暢銷。

寄件者：賴君（東海大學老師）
主　旨：會想起苗栗有您
冰冷未遇暖冬，化作冷眼，內心依舊。
是幸？不幸？對您？還是對台灣？都不是一句安慰，或是一股激動，就可以說清楚的。選後，您的整理工作可能繁瑣，隨即又將準備過年，家事、俗事，事事皆忙，待您閒暇，可否造訪？
明年，舊曆年後，因爲研究需要，將至各地採集實驗材料，苗栗也是其中一個地點，當我北上，於山林間採集時，會想起苗栗有您。

【附錄】

選後記事

林靈

十二月十一日◉這算是真正的民主嗎？

早上，一老者來到辦公室，說他開票後一整個晚上都沒睡覺；他說，他雖然支持洲的理念和人品，卻因爲擔憂泛藍無法過半，所以把票投給他認爲很差勁的國民黨候選人。他很痛苦，搞不清自己怎麼會這樣，還說要洲下次再出來選，他一定把票投給他。

洲本來還想給老者做番「機會教育」，但是看他自責難受的模樣，只能反過來安慰他，要他別想太多。

唉，這就是被台灣政客玩弄後的老百姓！有哪個政客會眞正想到廣大群衆的權益呢？他們腦裡想到的只是席次，只有派系利益，以及如何輕易地騙取選票罷了！

這算是眞正的民主嗎？

十二月十三日◉快樂選舉

選舉結束了。

工作人員一個一個整理行囊離開。面對此景，心裡充滿不捨。他們都是無私的年輕人。

選後，我的心情一直很平靜。

畢竟，在這場艱苦的選戰中，我們不但打出知識分子該有的尊嚴，同時也開創了新的選舉文化與典範。

在選舉過程中，我們感受到選民在面對政客煽動的所謂「藍綠對決」之下的非理性的矛盾與痛苦。選後，我們也從很多很多的支持者（但票投給他們厭惡的國民黨候選人）痛苦反應中，預見到他們日後將面對更大的失望。爲此，除了藉機教育之外，他們還需要我們的安慰。我們的責任比選舉期間更重大了。

我相信，經歷這場選戰之後，洲肯定能寫出更好的小說。

我也因爲這場選戰結交了許多朋友。我很珍惜這分共同完成一場美好之役後的革命情感。

總之，眞替那些沒能與我們一起參與這場選戰，體驗這過程的快樂的朋友們感到可惜了！

十二月十四日◉命

傍晚，回婆婆家接小孩。擔心婆婆會因洲落選而承受太多壓力，我於是故意找相關話題與她聊聊。

「阿嬸母在苗栗嗎？」我問。

「做什麼？」婆婆反問。

「我要把她捐的錢退還回去。先前洲就說過，這次選舉絕對不會拿親友一分錢的，只是當時不好拒絕。」

「你們都沒有花到自己的錢嗎？」婆婆又問。

「沒有。」

「都是別人出的錢？」婆婆再問。

我點頭稱是。

「沒有辦法，」原先一直擔心洲會因此負一大筆債的婆婆這才放寬心地說：「這都是命啦！人家就是有這樣的官命，你能怎麼辦？」

我一聽，差點暈倒（要不然就會開口罵人了）。

「你怎麼又說是『命』了？這次選舉，你兒子講了那麼多話，不都白講了嗎?!」我勉強掛著笑容。

「沒錯啊，人家有那個命，用錢一撒下去，票就來了，我們怎麼比？沒錢哪！」婆婆這會兒是理直氣壯地說。但我卻「氣結」了。婆婆接著又說：「鄰居在台北工作的兒子就說，像阿洲這樣的人，如果是在台北選一定很容易上，但在苗栗就很難了……」

我本來很想再說些什麼的，不過我並沒有。

這場選戰我們沒花到自己的錢，沒搞到負債累累，已經讓婆婆感到非常寬心。我想其他的也就不容易形成壓力影響到她老人家了吧！只是她和鄰居那些老人家們怎麼都不想一想：

爲什麼台北可以，苗栗卻不行？爲什麼其他候選人要花那麼多錢選舉？那些人花那麼多錢以後難道不會設法吃回來嗎？

我想，這不就是那些小老百姓出賣自己的「尊嚴」而換來的「命」嗎！

十二月十五日◉選民服務

「你知不知道，」一位在工廠任職白領主管的親族善意地問我。「某國民黨候選人爲什麼會高票當選？」

我說我不知道。

他又問：「你知不知道爲什麼在苗栗買票都能成功？」

我還是說我不知道。

他告訴我說：「因爲苗栗人很窮。」

「本來，拿了錢也可以不投票的；」他再問我：「你知不知道苗栗人爲什麼卻一定會去投給那個買票的人？」

我當然還是不知道。

「據我所知，」他很好心地爲我解答說：「教育界、政府部門和我們工廠裡，就有很多人是靠著這候選人的關係進去工作的。還有，像是很多人的退休金出了問題，也是靠他關說才領到的。你想，這些人會不支持他嗎？」

他說的這些都是事實。我知道這種食物鏈關係。否則，洲的政見就不會有「揚棄分贓的派系政治」這條了。

「雖然這個候選人在外頭很臭，」他接著說：「但是在家鄉卻是香的。你知不知道，有多少人就是靠著他的幫忙，才能每個月領六、七萬元，繳房屋貸款啊。人家的選民服務就是做得這麼好。」

「是啊，」我忍不住回他一句：「既然他的選民服務做得那麼好，那就應該讓全苗栗縣的縣民都能享受到月領六、七萬元才對呀！那樣的話，苗栗縣就不會有那麼多低收入戶，那麼多繳不出學雜費、午餐費的學生，那麼多失業人口，那麼多房屋被銀行查封拍賣的家庭。這樣，也就不會有你所說的，因為『苗栗人很窮』，所以『買票就能當選』的羞恥了。」

他愣了一下，沒有回答我，自顧自地又說：「你想想看，一個高高在上的立法委員到家裡為喜宴致詞，為喪事拈香送匾，這種公關做得多好！人家會不感激他？不把票投給他？所以囉，你老公如果還要走選舉這條路，就必須開始做這些事情。」

我無言以對。這是觀念認識上的問題。但是，他卻是個有碩士學位的、未滿三十歲的年輕人啊！這讓我覺得有些悲哀。

我不禁歎問：台灣的菁英教育究竟出了什麼問題啊！

十二月十七日◉運動仍然繼續

今天星期五，縣政府後面、文化局前面有夜市。

只不過是選舉已經結束，夜市在哪裡，對我而言好像沒有太大意義了。

洲參選的那兩個多月，我們一直在各地的夜市巡迴活動。星期一在銅鑼或頭屋，星期二在頭份，星期三在竹南或苗栗市玉清宮或造橋鄉大坪村，星期四在卓蘭或三灣或大湖，星期五在文化局、三義或通霄，星期六在苑裡、公館或竹南，星期日在後龍，逢月半則在南庄。

我們僅有四、五個工作人員，只能集中一路跟著行動書房宣傳車，在夜市做「反軍購」的連署；後來，加了「賤賣李登輝」的差事，大夥兒也才算真正融入夜市的氣氛裡。

我不喜歡在夜市裡發文宣。雖然人潮不少，但是他們意在逛街採買及吃喝，從左邊接過來的文宣，走沒幾步路，就由右邊扔下了。往往離開之前，我都要街頭街尾巡視一遍，把印有洲和女兒，以及我和兒子相片的文宣撿拾起來。我無法忍受這樣被來回「踐踏」的現實。每次，工作夥伴見我不悅地抱怨，總是好意的安慰我說：其他候選人的傳單被丟得更厲害。可我氣憤的是「選民」主動伸手拿文宣卻又丟棄的舉動，那是眞正可惡的僞善哪！況且我們的文宣是有內容的，它是大夥兒共同付出努力的心血，怎能與那些「搶救」、「拜託」以及「空頭支票」相提並論。工作人員對我過度的反應感到莫名的好笑，但我就只有這種心情是沒法調適過來的。也因此，後來有幾次挨家挨戶發文宣，見到有人態度漠然或不以爲然的時候，我就會越想越不甘心，只能立刻轉身回頭再去敲門，說：「您如果不想看沒有關係，請把它還給我，謝謝！」（當然是面帶笑容的。）這樣子我心裡才會舒坦。

晚上，洲在報紙上看到社運界發起聲援「白米炸彈客」楊儒門的新聞，竟然說：「可惜我們沒有宣傳車了，要不然就可以到夜市去做連署支持！」

洲說的不是戲言。

選舉是結束了，但是追求公義的社會運動仍然繼續著。

文學叢書 225

戰風車——一個作家的選戰記事

作　　者　藍博洲
總 編 輯　初安民
責任編輯　施淑清
美術編輯　黃昶憲
插圖攝影　關立衡
校　　對　施淑清　藍博洲

發 行 人　張書銘
出　　版　INK 印刻文學生活雜誌出版有限公司
台北縣中和市中正路 800 號 13 樓之 3
電話： 02-22281626
傳真： 02-22281598
e-mail : ink.book@msa.hinet.net
網　　址　舒讀網 http://www.sudu.cc

法律顧問　漢廷法律事務所
劉大正律師
總 代 理　成陽出版股份有限公司
電話： 03-2717085（代表號）
傳真： 03-3556521
郵政劃撥　19000691　成陽出版股份有限公司
印　　刷　海王印刷事業股份有限公司

出版日期　2009 年 7 月　初版
ISBN　978-986-6631-96-2

定價　280 元

國家圖書館出版品預行編目資料

戰風車：一個作家的選戰記事／藍博洲著；
--初版，--臺北縣中和市：INK 印刻文學，
2009.07　面；　公分（文學叢書：225）
ISBN 978-986-6631-96-2（平裝）

855　　98008528

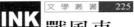